リマ・トゥジュ・リマ・トゥジュ・トゥジュ

こまつあやこ

講談社

リマ・トゥジュ・リマ・トゥジュ・トゥジュ

目次

1　督促女王《サトウ　とくそくじょおう》

ごはんからココナッツのにおいがしない。

「さーや、何やってるの。」

わたしが給食のクリーム色の器《うつわ》に鼻を近づけてひくつかせていると、朋香《ともか》ちゃんは新種の生きものを見つけたみたいに、好奇心《こうきしん》と不安の混ざった声できいてきた。

「え、何でもないよ！　コシヒカリかなーとか思って。」

新種の生きものなんかになりたくないわたしは、あわてて器から顔を離《はな》した。

やばいやばい。

わたしは周りの給食班をキョロキョロと見まわした。

「マレーシアではココナッツミルクで炊《た》いたごはんがあってね。」なんて話し始めたら……。

きっと「帰国子女ぶってる。」とか、周りにコソコソ言われちゃうんだろうから。

帰国子女として編入してきて二週間あまり。まだまだ気が抜《ぬ》けない。

「にほんひょくが思ひ出せにゃいんじゃねーの？」

向かい合った机のオカモトくんが、口のなかで離乳食《りにゅうしょく》みたいになったほうれん草の炒《いた》めものを見せつけながらしゃべる。

やーめーてー。

わたしは心のなかで叫《さけ》んだ。それは、くちゃくちゃのほうれん草に対してではなくて、やつの言葉の内容についてだ。

にほんひょく、は日本食のことでしょ？　やめて、頼《たの》むから周りの給食班に聞こえる声でしゃべらないで。

「オカモト、きたねえ。口のなかのもの見せんなよ。」

「そうだよ、オカモト。ていうか、牛乳、シャツにこぼしてるから。」

次の瞬間《しゅんかん》、岩井《いわい》くんが涼《すず》やかな目でたしなめて、朋香ちゃんがオカモトくんの胸ポケットのあたりを指さした。

よかった、話の方向がそれた。わたしはこっそり、ほうっと息をつく。

この中学では、給食は席が近いメンバーで班になって食べることになっている。わたしの班は、朋香ちゃん、オカモトくん、岩井くんがメンバー。本当はもう一人いるんだけど……。

給食を食べる班が決まっているなんて、みんなは「中学生にもなってダサい。」って言っていたみたいだけど、わたしにとってはラッキーだった。

中二の九月。中学校時代どまんなかに、日本に帰ってきた。

編入した学校で、一人で給食を食べることになったらどうしようって、ずっと心配で仕方なかった。マレーシアから日本に帰る夜中の飛行機で眠《ねむ》れなかったくらいだもん。誰《だれ》かの目から見て、「あの子一人だ。」って思われたら、もうわたしの中学校生活オワリだと思った。

「失礼！」

扉《とびら》がガラッと開いた。

みんなの視線がぎゅうっと入り口に集まる。教室に入ってきたのは胸まで伸《の》びたつやつやの黒い髪《かみ》で、背の高い女の子。ううん、もう女の人って呼ぶほうがしっくりくる気がする。このクラスの誰よりも大人っぽい。

カツ、カツ、カツ。

履《は》いているのはゴム底の上履きなのに、りりしい歩き方からはそんな音が響《ひび》いてきそう。

制服のスカートの裾《すそ》が、膝頭《ひざがしら》の上で揺《ゆ》れている。

迷いのない足取りで、小さくて白い紙を何人かに、つきつけるように配っていく。

「出た、督促女王《とくそくじょおう》。」

朋香ちゃんがやれやれという顔をした。

「トクソクジョオー？」

そんな言葉あるっけ？　それとも、わたしがマレーシアにいる間に新しくできた日本語？

「中三の図書委員だよ。木曜日の昼休みにいつも、返却期限《へんきゃくきげん》の過ぎた本がある人に督促状を持って、怖《こわ》い顔で現れるの。」

「督促状じゃなくてラブレターだったら、オレもほしいのになっ。」

「オカモト、あんたはそんなのもらえる見込《みこ》みないから。ねえ、さーや。」

きゃっきゃと笑う朋香ちゃんがわたしの肩《かた》をバンバンたたいた。わたしも笑いながら、ひかえめにうなずく。

さーや、はわたしの新しいあだ名。朋香ちゃんがつけてくれた。

朋香ちゃんは男子を呼び捨てにする。朋香ちゃんだけじゃなくて、クラスの女子もほとんどの子はそうしている。

だけど、中途半端《ちゅうとはんぱ》な時期にこのクラスのメンバーになったわたしは、どこか遠慮《えんりょ》してしまうから呼び捨てにはしない。

おバカばっかりやってる精神年齢《せいしんねんれい》の低いオカモトはオカモトくん。

クールで男女問わず毒舌《どくぜつ》対応の岩井は岩井くん。

この二週間で、クラスのメンバーのキャラが何となく分かってきたけど、スタートがずれているわたしは……まだまだ溶《と》け込《こ》めていない気がする。

まるで、自分がお湯のなかで溶けきらなかったスープの粉になったみたい。

そんなことをぼんやり考えていたら、箸《はし》からごはんがぽろっと床《ゆか》に落ちてしまった。

やば。

わたしは人よりうっかり者みたいで、考えごとをしているとすぐにヘマをしてしまう。

わたしはかがんで金平糖ほどの米粒《こめつぶ》のかたまりを拾った。

ああ、やだなもう。今度は箸《はし》の使い方忘れたんじゃないかなんてウワサされちゃうかも。

なんて思いながら自分の席に座《すわ》り直《なお》すと、

「わ、何これ。」

牛乳瓶《ぎゅうにゅうびん》の飲み口のところに、丸められた紙がささっている。

さっきまではなかったのに……。

「督促女王《とくそくじょおう》がさしていったよ。さーや、本なんて借りてたの？」

「ああ、うん一回だけ……。もう期限過ぎてたんだ……。」

教室を見渡《みわた》して督促女王を捜《さが》すと、もう教室を出ていくところだった。

九月に編入してすぐの昼休み、朋香ちゃんが行事実行委員の仕事でいなくなってしまったとき、教室に一人でいるのが嫌《いや》で図書室に逃《に》げ込《こ》んだ。

だけど、それきり行っていなかった。朋香ちゃんのおかげで、クラスのなかで話せる人が増えてきたからだ。

給食食べたら返しに行こう。机に入れっぱなしだった本を取り出してから、督促状を見てはっとした。

「返却期限が過ぎた本を返してください。」という印刷されたお決まりのメッセージの下に、赤い文字が手書きされていた。

【今日の放課後、三時半に図書室に来ること】

わ、時間まで指定されてるっ。

これって、もしかして呼び出しってやつ？

わたし、督促女王《とくそくじょおう》に目をつけられてるのかな。

日本に帰ってくる前、帰国子女のブログや、あるあるネタをネットでたくさん調べた。そのなかには、「敬語が使えなくて先輩《せんぱい》ににらまれた。」という書き込《かこ》みがあったことを思い出す。だから、年上の人には敬語が鉄則。

ほかにも、海外の暮らしをぽろっと口にしないこと（その気がなくても嫌味《いやみ》に聞こえるらしい。）とか、英語の授業中に間違《まちが》っても目立ったりしないこと（英語ができる自慢《じまん》になってしまうらしい。）とか。

この二週間あまり、飼い主に命じられた犬のようにかたくそれを守ってきた。

なのに呼び出されるなんて。督促女王とは今日が初対面だから話したこともないはず。知らないうちに、何か気に障《さわ》るようなことしたのかな。

「どうしたの、さーや。真顔になってるよ。」

朋香ちゃんがほっぺたをつっついてきた。

「呼び出されちゃった……。どうしよう怖《こわ》いよ。」

「なら、一緒《いっしょ》に行ってあげる。」

「朋香ちゃん、ほんと？」

「ほんとほんと。」

ケラケラと朋香ちゃんは笑う。

朋香ちゃんは蝶々《ちょうちょう》みたい。誰《だれ》とでも仲よく話せて怖《お》じ気《け》づかないし、一つのところに留《とど》まらない。窓際《まどぎわ》のカーテンのそばで誰かと笑っていたかと思えば、次の花に向かうように、別のグループに交ざって黒板に落書きをしている。

そんなふうに壁《かべ》をつくらない朋香ちゃんと席が近かったのはラッキーだと思う。


だけど。

「ごめん、今日は木曜だから部活だったの忘れてたー。」

放課後、朋香ちゃんは顔の前で手を合わせて、わたしに謝《あやま》った。

「そっか、全然大丈夫《だいじょうぶ》！　しょうがないもんね。」

ひらひらとスカートを翻《ひるがえ》して去る朋香ちゃんの背中を名残惜《なごりお》しく見送ると、わたしは左手首に巻いたオレンジ色のベルトの腕時計《うでどけい》を見た。

三時二十六分。ふうっと深呼吸をしてから、借りている本をそうっと胸に抱《かか》えて図書室へ続く階段を上った。たった一冊なのに、肩にかけた鞄《かばん》よりも重たく感じる。

図書室は五階建て校舎の三階、廊下《ろうか》の突《つ》き当《あ》たりにある。三階には三年生の教室が並んでいて緊張《きんちょう》するから、誰《だれ》とも目が合わないようにして足早に通り過ぎる。

図書室の木の扉《とびら》を開けると、わたしの肩《かた》くらいまでの背の低い本棚《ほんだな》が多くて、まるで小学校の図書室みたい。でも、そこには小学校にはなかった難しそうな本も並んでいて、そのバランスのとれていない感じが、何だかおもしろかった。

図書室の奥《おく》には、長机の端《はし》に足を組んで座《すわ》っている督促女王《とくそくじょおう》がいた。「よろしくおねがいしまーす。」とテニス部のかけ声が三階まで打ち上がる窓の外を眺《なが》めている。

「あのお……とくそ。」

じゃなくって。そういえば、この人の名前を知らない。

「先輩《せんぱい》様！　お呼びでございますか？」

「はん？」

督促女王《とくそくじょおう》は振り向くと、うさんくさいものを見るようにわたしに目を凝《こ》らした。

「昼休みにもらったお手紙に、三時半に来るように書かれていたので参上しました、二年C組、花岡沙弥《はなおかさや》でございます！」

「それは分かってるけど、何なの、その話し方。」

督促女王は胸の前で腕《うで》を組んでいる。

「こ、このたびは、ご本の返却《へんきゃく》が遅《おく》れまして……多大なるご迷惑《めいわく》をおかけいたしました。」

「はいはい、本はカウンターで司書の七海《ななうみ》さんに返してね。」

わたしの全力の謝罪をするりと流し、

「早くして。今からギンコウに出かけるよ。」

督促女王はひらりと机から下りた。鞄《かばん》を持って図書室を出ていこうとする。

「え、銀行？　何で銀行？」

「いいからついてきてよ。」

銀行に何の用があるんだろう？

わたしが銀行に行くのは、お年玉を貯金するときくらい……。あれ？　銀行じゃなくて郵便局だっけ？

わたしの頭に四文字の漢字がズシンと現れる。銀《ぎん》、行《こう》、強《ごう》、盗《とう》。

いや、まさかね……。だって、この人だって仮にも中学生なわけだし。

でもでも、突如《とつじょ》あの督促状《とくそくじょう》を持って教室の扉《とびら》を開けたときの迫力《はくりょく》ある姿。鋭《するど》い表情。あんな感じで銀行に入って「手を上げなさい！」とかって……ありうる、かも……。

督促女王に言われたとおりカウンターの「七海さん」に本を渡《わた》すと、

「いってらっしゃい。収穫《しゅうかく》あるといいわね。」

督促女王とわたしの二人に向けてそう言った。

「どうかな、がんばってみます。」

にやりと督促女王は笑う。

ちょっと待って、収穫って何？

わけが分からないまま廊下《ろうか》に出ると、もわっとした熱気が満ちていた。うるさいぐらい強烈《きょうれつ》な日差しが窓から差《さ》し込《こ》んでいる。

督促女王の歩くテンポは速い。わたしが焦《あせ》りながら追うと、ふと廊下の開け放たれた窓からココナッツミルクの香《かお》りが流れてきた気がした。

2《ドゥア》 初めての歌

わたしたちの学校は住宅街のなかにある。

督促女王《とくそくじょおう》についていくと、学校から数分歩いて住宅街を抜《ぬ》けたところにある商店街の入り口に着いた。

この商店街の反対側の入り口になっている駅前には、緑色の看板の銀行があるはずだ。

どうしよう、どうしよう。

わたしの心配をよそに、督促女王はネットサーフィンみたいに商店街のあちこちで足を止める。

ペットショップで、無心になってエサを食べるうさぎをフフンと笑う。（その不敵な笑《え》みが怖《こわ》いよー。）

カレー屋の看板を指さしながら、「明日の給食、カレーだから。でもこんなスパイスがきいたやつじゃないよ、あっまあまのお子様カレー。」と教えてくる。（銀行強盗《ぎんこうごうとう》しても、翌日ふつうに給食食べるつもりみたい。）

本屋で少女マンガを手に取り、「この十一巻っていつ発売になるんだろ。」とつぶやく。（そのころには逮捕《たいほ》されてるんじゃ……？）

パン屋で「シナモンロールの試食があればいいのに。」とぐちりながらクロワッサンの試食を頬張《ほおば》る。（強盗に入る前の腹ごしらえですか⁉）

これから銀行強盗になるとは思えない平然とした様子の督促女王《とくそくじょおう》だけれど、一つだけ、変だなと思うところがあった。

それは、お店に寄《よ》るたびに小さな単語カードを取り出して何か書いているところ。

あれは英単語を覚えるときに使う、リングで留めた手のひらサイズの分厚い単語カードだ。

こんなところで英語の勉強？　いや、そんなわけないよね。何やってるんだろ？

何か書《か》き込《こ》むと、督促女王は単語カードとシャーペンをスカートのポケットにしまってまた歩きだす。

帰国してからこの商店街に来るのは初めてだった。商店街はわたしがマレーシアにいた二年半の間にところどころ変わっている。

文房具屋《ぶんぼうぐや》が百円ショップに。

天ぷら屋がヨガのスタジオに。

美容室がマッサージ屋に。

歯が生え変わるように、同じ場所に別のお店が自然におさまっている。

パン屋を通り過ぎると、わたしは左手首の腕時計《うでどけい》にふれた。

この先にはフジエダ時計店がある。この腕時計を買った、わたしの思い出の場所。

二年半前に腕時計を買ったときの店の様子が、まるで昨日のことのように思いうかんだ。

でも。

「あれ……？　ウソ、閉店？」

フジエダ時計店は、シャッターが下りていて、「閉店しました」と黒のマジックで書かれた紙が張《は》ってある。

紙は端《はし》のほうが破れていたり、雨にぬれた跡《あと》があって、張られてから少し時間が経《た》っているようだった。

「夏休みに入ったくらいのときに、閉店したの。」

督促女王《とくそくじょおう》はフジエダ時計店という色褪《いろあ》せた看板をじっと見上げて言った。何だか難しそうな顔で。

「全然知らなかった……。」

督促女王はここでも単語カードを取り出したけれど何も書かずに、ポケットにしまった。

「行こう。」

督促女王はまた歩きだす。

そうだった。フジエダ時計店も気になるけれど、今はそれどころじゃない。

銀行強盗《ぎんこうごうとう》の共犯にされてしまうかもしれないんだから！　お父さんお母さんお兄ちゃん、わたしが中学生銀行強盗としてニュースやワイドショーに出ちゃったらごめん！

時間をかけて進んで、ついに恐《おそ》れていた緑色の看板が見えてきた。

でも……。

銀行のシャッターは下りていた。

銀行って、こんなに早く閉まっちゃうの？

シャッターの脇《わき》にあるATMのコーナーだけがひっそりと開いていた。

督促女王《とくそくじょおう》が向かった先は小さな公園だった。

わたしも小学生の頃はたまに遊んでいたその公園に、今日は子どもの姿はない。ペンキのはがれかけた遊具たちが心細げに見える。

さっきから督促女王はベンチに座って、ずっと単語カードに何か書《か》き込《こ》んだりめくったり考え込んだりしている。

手持ち無沙汰なわたしは水筒の麦茶を飲んでいたけれど、それももう飲み干してしまった。

「あのう、明日、英語のテストなのでございますか？」

沈黙《ちんもく》に耐《た》えられずに、わたしはきいた。

警戒心と遠慮が混ざって二人分くらいの距離を置いて座っているわたしには、督促女王の手元の単語カードはよく見えない。

「銀行に行くのではなかったのでしょうか？」

「ギンコウ？　もう来てるけど。」

「え、だって閉まっていたじゃございませんか。」

わたしはシャッターの下りた銀行を思い出しながら反論した。

「もしかして、ギンコウって、お金を貯《た》めたり下ろしたりする、あの銀行だと思ってたわけ？」

督促女王《とくそくじょおう》は単語カードを膝《ひざ》の上に置いて、賢《かしこ》いネコのようなすました眼差《まなざ》しでわたしを見た。

「はい……。お金を貯めたり、下ろしたり、強盗《ごうとう》が入ったりするあの銀行以外に何かあるのでしょうか？」

「何だ、てっきり分かってるんだと思ってた。黙《だま》ってついてくるんだもん。」

督促女王はちょっとあきれたような顔をした。

どうやら、銀行強盗になるつもりじゃなかったらしい。

わたしは胸をなで下ろす。怖《こわ》くて黙ってついていくしかなかったんです、とは言えない。

「バンクの銀行じゃなくて吟行《ぎんこう》。吟行っていうのは、歌を詠《よ》むお出かけのこと。」

督促女王は鞄《かばん》から取り出したプリントの裏《うら》に漢字を書いた。

「歌を詠《よ》む？」

「そう、商店街を歩きながら、ずっとわたしは短歌をつくってた。」

「短歌って、ゴーゴーゴーシチシチのあれでございますね？」

「ちょっと。ゴーゴーゴー！　って何かの応援《おうえん》みたいじゃない。五、七、五、七、七だよ。」

督促女王《とくそくじょおう》が口元にこぶしを当てて、ぷっと吹《ふ》き出《だ》した。今日初めて見る表情に、わたしの緊張《きんちょう》が少しほぐれた。

「これが今日詠んだ歌。」

督促女王は単語カードをわたしに渡《わた》した。

「英単語じゃなくて、歌を詠んでいらっしゃったんですか……。」

単語カードには、シャーペンの細い線で何かフレーズが書かれていた。横書《よこが》きだし、一瞬《いっしゅん》短歌に見えなかった。

「『ほっといて「かわいい」の声聞くために長い耳しているわけじゃない』これって……？」

「ペットショップのうさぎの気持ちを詠んだの。」

わたしはカードを一枚めくった。

「『だまされるほどガキじゃない　甘口《あまくち》のカレーライスに溶《と》かしたウソに』」

これはきっと、カレー屋の前を通ったときだ。

「『末っ子の到着《とうちゃく》を待つ姉たちを彩《いろど》るドレスは手書きのポップ』手書きのポップ……。っていうことは、本屋さん、ですか。」

少女マンガの最新刊の発売はいつなんだろうとつぶやいていた督促女王《とくそくじょおう》の姿を思い出した。そういえば、あのマンガには書店員さんのカラフルなポップがついてたっけ。

「そういうこと。」

わたしはまた一枚めくった。

「『当番をサボってたって正義です　シナモンロールみたいな女子は』……？」

シナモンロールみたいな女子って何者？

「あのう、申し訳ございませんが、意味が……。」

「そういう女子が学校に何人かいるの。勉強とか委員会の仕事とかサボってても、おしゃれでかわいいから周りに憎《にく》まれない。」

「なるほど……。」

何だか督促女王《とくそくじょおう》の短歌ってナゾナゾみたいだ。そう思いながら、わたしは単語カードを返した。

「口に出して読まれると、ちょっと恥《は》ずかしいな。」

督促女王は肩《かた》をすくめた。

わたしはもやもやしていた。督促女王が短歌を好きなのは分かったけど……。

「どうして、わたしを誘《さそ》ったのですか？」

学校帰りに寄り道しながら単語カードに書《か》き込《こ》むだけなら、一人でも変わらないのに……。それに誰《だれ》かと一緒《いっしょ》に行くとしても、どうしてわたしだったんだろう。

「あなたの出席番号。」

督促女王はナゾナゾでこちらを試《ため》すように微笑《ほほえ》んだ。

「出席番号は……三十一。」

転入生のわたしに与《あた》えられた出席番号はクラスの最後、三十一番だ。

「アイスクリーム？」

「いや、アイスは短歌と関係ないでしょ。ヒントは足し算。」

「あ、もしかして！　五＋七＋五＋七＋七は……。」

「そう。三十一。七海《ななうみ》さんがあなたの督促状《とくそくじょう》を書いているときに気がついたの。それでわたしがお誘《さそ》いを書き足したってわけ。」

「お誘いというか招集命令……。」

督促女王に聞こえないように、わたしはぼそっとつぶやいた。

「今まではどなたかと吟行《ぎんこう》をなさっていたのですか？」

「ヒミツ。」

督促女王は目を伏《ふ》せてその長い髪をさわった。

ん？

あれ、もしかして……？

「その人といると、どんなことでも詠《よ》みたくなった。朝歩いてるときに落っこちてる空《あ》き缶《かん》とか、骨が一本壊《こわ》れてる折りたたみ傘《がさ》とか、そんなものでも……。」

督促女王は何かを振《ふ》り切《き》るように首を横に振った。

「でも、その人とはもう吟行できなくなっちゃったから。」

わたしの勘《かん》が正しければ。

きっと男の子だ。彼氏《かれし》、かもしれない。

もともと大人びている督促女王《とくそくじょおう》との差が、さらにぐんと広がったような気がした。

「だからね、花岡《はなおか》さんにパートナーになってほしいの。これから、一緒《いっしょ》に吟行《ぎんこう》してくれない？」

「わたし、でございますか。」

「そう。短歌は一人でも詠《よ》める。でもね、それじゃ刺激《しげき》がない。上手になるには、パートナーが必要なの。一緒に短歌を詠もうよ。」

督促女王が身を乗り出した分、わたしは後ろに体を引いた。

「む、無理だと思います！　短歌なんて詠んだことないし。二年半もマレーシアにいたから、日本語のセンスとかないと思うのです！」

それだけじゃない。

わたしは今日の昼休みの朋香《ともか》ちゃんを思い出していた。督促女王が教室に入ってきたときのあきれたような顔。きっとほかのみんなも、同じように督促女王は変わり者だと思っている。

そんな人と仲よくしたら？

パートナーなんかになったら？

もともと帰国子女っていうシールがぺったり貼《は》られているのに、変わり者っていうシールがもう一枚増えちゃうよ。

ダメだ、絶対断らなきゃ！

「マレーシア……？　花岡さん、マレーシアにいたの？」

督促女王《とくそくじょおう》は呆然《ぼうぜん》とした顔になっていた。きっと、どんな国か、イメージがわかないんだろうな。

「転校生だってことは知ってたけど、場所までは知らなかった。短歌は難しく考えなくたっていいんだよ。季節の言葉をいれなくていいんだし。今の気持ちを詠《よ》めばいい。どんな風景だってどんな気持ちだって短歌になるんだよ。」

督促女王はあきらめない。相手が逃《に》げたがっていると、さらに押《お》しが強くなるなんて。じりじりと追いつめられて背中が壁《かべ》にぶつかったような気分だ。

「ためしに短歌を一首詠んでみて。」

「そんな、無茶……。何もうかばないです。」

「じゃあ、わたしが最初の五、七、五を詠む。続きの七、七を花岡さんが考えるっていうのはどう？」

督促女王《とくそくじょおう》はしばらく目を閉じて口に人さし指を当ててから、ぱちりとまぶたを開いて単語カードに何か書《か》き込《こ》んだ。

はいどうぞ、と督促女王はわたしに単語カードを差し出した。

『無理やりに連れられてきた吟行《ぎんこう》は』

無理やりって自覚してたのか。

もうやだ、こうなればヤケだ。

督促女王はさっき、今の気持ちを詠《よ》めばいいと言っていた。

それなら、

『早く帰ろうジュンパラギ！』

これがわたしの初めての短歌だった。

「ジュンパラギって何？」

単語カードを見た督促女王が首を傾《かし》げた。

「マレーシア語で『バイバイ』です。正確には、『また後で会いましょう』っていう意味ですけど。」

わたしはどんどん頬《ほお》が熱くなっていった。

「でたらめな歌ですみません。ほんと、へたくそですよね。やっぱりセンスないと思います。」

「へえ、いいじゃん。」

パチパチパチ。まさかと思ったけど、督促女王《とくそくじょおう》は拍手《はくしゅ》をしていた。

「ジュンパラギって言葉の響《ひび》きがおもしろい。字足らずで七音にはなってないけど、ぶった切った感じが出てるよ。」

督促女王の言う「ぶった切った感じ」はよく分からなかったけれど、わたしは何だかむずがゆくなった。

ほめられた。悪い気分じゃ、ない。

「花岡さん、才能あるかもよ。もっと詠《よ》んでよ、マレーシア語の短歌。」

「ウソだ。才能だなんて、大げさです。お世辞とか言わなくていいですから。」

「お世辞じゃないよ。」

「……でも。」

「パートナー、引き受けてくれる?」

「……えっと。」

さっきまでの絶対断らなきゃっていう頑《かたく》なな気持ちは揺《ゆ》らいでいた。

どうする……？

短歌なんて興味なかった。

隣《となり》にいるこの人のこともよく知らない。

でも。

わたしのなかにベーキングパウダーを注入されたみたいに、やってみたい気持ちがぷくぷくと膨《ふく》らんでいく。

だって、胸のなかから言葉を短歌にして押《お》し出《だ》したら、気持ちがよかったから。

それなら。

「やってみます。」

まだ揺《ゆ》らいでいた気持ちをぐっと振《ふ》り切《き》った。

変なことやってるって後ろ指をさされるかもしれない。

ただでさえ帰国子女だから、あまり目立たないようにしてるのに。

答えたそばから、「いいの？　ホントにやるの？」って、慎重《しんちょう》で臆病《おくびょう》なわたしが顔を出す。

だけど、日本に帰ってきてから何かをやってみたいと思うのは、これが初めてだった。

「よし、決まりっ。」

バスケのシュートをすとんと決めたような清々《すがすが》しい笑顔《えがお》につられて、思わずわたしも笑った。

督促女王《とくそくじょおう》が鞄《かばん》を肩にかけて帰ろうとするのを見て、わたしはあわてて口を開いた。

大事なことをきいていなかった。

「あの、先輩《せんぱい》の名前を教えてください。」

「そういえば言ってなかったね。佐藤《さとう》。佐藤莉々子《りりこ》だよ。」

「佐藤、佐藤、サトゥ、サトゥ。」

「サトゥ?」

「あ、マレーシア語で数字の一はサトゥっていうんです。そう覚えれば忘れないなって思って。」

「へえ、佐藤って平凡《へいぼん》な苗字《みょうじ》でつまんないって思ってたんだけど、一って意味があるならなんかいいかも。わたし、一番になるの好きだし。」

その言葉にわたしはちょっと驚《おどろ》いた。

一番になるのが好きってハッキリ言える人なんて、何だかめずらしい気がする。

「ねえ、じゃあマレーシア語で五と七ってなんて言うの？」

思いついたように、佐藤先輩《せんぱい》がきいた。

「五はリマ。七はトゥジュです。」

「へえ。じゃあ五七五七七は……リマ・トゥジュ・リマ・トゥジュ・トゥジュか。」

「リマ・トゥジュ・リマ・トゥジュ・トゥジュ……。何か、魔法《まほう》の言葉みたいな響《ひび》きですね。」

「魔法、もうかかってると思うよ。」

公園の出口のほうへ歩きだしていた佐藤先輩が、「気づいてないの？」と言わんばかりにわたしを振《ふ》り返《かえ》った。

「へ？」

「花岡さん、あの短歌を詠《よ》んでから、サムライと召《め》し使《つか》いと古文が混ざったような変な言葉づかい直ってるもん。」

「え、あ、言われてみれば、そうかも！　ていうか、そんな変な話し方でしたか？」

「自覚なかったの？　バカだねえ。今の話し方でいいんだよ。」

佐藤先輩《せんぱい》は笑った。

短歌を口にした瞬間《しゅんかん》、心のどこかが自由になった気がした。フィルターが外れた感覚。

「あの、知ってるかもしれないですけど、わたしの下の名前は沙弥《さや》です。サヤはマレーシア語で『私』って意味なんです。」

「へえ、すごいね。マレーシアに行くのが運命だったみたいだね。」

運命？　そう言われると照れくさい。初めのうち、マレーシアでは名乗るのが恥《は》ずかしくて仕方なかった。

木に覆われていた公園の外に出ると、だいぶ低くなった太陽が金色の光を放っていた。

「わたし、日本に帰ったら、話し方とか態度とか、すごく気をつけなくちゃって思ったんです。」

「何で？」

「〝キコクシジョ〟だから。」

わたしはわざと茶化してみせた。わたしに帰国子女なんて響《ひび》きは似合わない。

自分が海外で暮らすなんて、ちっとも思っていなかった。

各駅停車しか止まらないこの駅の回転寿司屋《かいてんずしや》で握《にぎ》っていたお父さんが、まさか海を越《こ》えてマレーシアでお寿司《すし》を握《にぎ》ることになるなんて。きっとどんな占《うらな》い師《し》だって予測できなかった未来だ。

お父さんの働いている全国チェーンの回転寿司屋は、数年前から東南アジアに展開を始めた。

そんななか、二年半前、進出したのがマレーシアだった。

そこで、現地のマレーシア人スタッフにお寿司の握り方《かた》を教えるという役割がうちのお父さんに降ってきた。

ちょっと待ってよマレーシアってどこ？　って、家族でパソコンのグーグルマップをのぞきこんだ日から二か月後には、もうマレーシアの首都クアラルンプールに引《ひ》っ越《こ》していた。

クアラルンプールってどんなプール？　っていうくらい、どんな場所なのか、まったく知らなかったけれど、クアラルンプールはびっくりするほど都会だった。ファッションビルが立ち並び、街で見上げればモノレールが走り、夜も遅《おそ》くまで屋台が賑《にぎ》わっていた。

街なかにある、お父さんの会社が用意してくれたコンドミニアムと呼ばれるマンションで暮らした。

そんな常夏《とこなつ》の都会で二年半過ごしたのち、わたしたち一家は日本に帰ってきた。偶然《ぐうぜん》にも、もともと住んでいたマンションの別の部屋が空いていたから、そこに引《ひ》っ越《こ》してきたというわけ。

わたしが生まれるずっとずっと前に建てられた、オートロックではないマンションだ。

(マレーシアのコンドミニアムのほうがずっと新しくてきれいだった。)

帰国子女っていうのは、もっとお金持ちで、家族みんなが優秀《ゆうしゅう》で、広い家に住んでいるエリートの家の子がなるものだと思っていた。

「日本に帰ったら、きっとみんな、わたしのことをお嬢《じょう》さんだと勘違《かんちが》いするだろうなって思ったんです。この中学の学区域だと、同じ小学校の人が五人くらいしかいないんです。友達できなかったりいじめられたりしたら嫌《いや》だなって心配でした。」

同じ小学校だった子のなかで、一緒《いっしょ》のクラスになったのは一人だけだった。

閉じたシャッターの張り紙が頭にうかぶ。さっき通ったフジエダ時計店の、藤枝港《ふじえだこう》だ。

まさか閉店してしまっているとは思わなかった。

「これ、花岡さんに渡《わた》しておくよ。」

佐藤先輩《せんぱい》は単語カードをわたしの手のひらにのせた。

「え？　わたしが持っていいんですか？」

「来週の木曜、また吟行《ぎんこう》しよう。そのときに持ってきて。」

わたしはまじまじと手のひらの上の単語カードを見つめた。

さわやかな水色の表紙。さっきは気づかなかったけど、右上に小さく何か書かれている。

「タンカード№２って何ですか？」

「短歌を書き留めておく専用のカードだから、タンカードって名づけたの。それは二冊目ってこと。」

佐藤先輩《せんぱい》は「文句ある？」と、ちょっと照れたように視線をそらした。

「じゃあ、今日から、わたしたち二人のタンカードですね。」

変なネーミングだけど、でも。わたしはタンカードをぎゅっと握《にぎ》った。

3 ティガ

わたしは変わってしまったの？

「今度、店に新しい友達連れてくるか？」

家に帰ると、夕ごはんの支度《したく》をしていたお父さんが言った。

今日のメニューは肉野菜炒《にくやさいいた》め。

お父さんがつくるのは、大皿にどさっと盛る、見た目のセンスがなくてもかまわない料理だ。ふだんはちんまりしたものを握《にぎ》っているから、休みの日は豪快《ごうかい》なものをつくったり食べたりしたいそうだ。

回転寿司屋《かいてんずしや》は土日の週末が書き入れどき。だから平日が休みになることが多いお父さんは、休日はお母さんの代わりに料理をする。

「お店に？　新しい友達？　何で。」

「おまえ、中学でちゃんと友達できるか心配してただろ。どうだ？　できたか？　その子たち連れてきたら仲よくなれるんじゃないかって思ってさ。テーブル席もあるからちょっと多めの人数でも大丈夫《だいじょうぶ》だぞ。」

日本に帰国する時期が決まったとき、わたしは泣《な》き叫《さけ》んだ。

どうして八月の終わりなわけ。

当初、四月から日本に戻《もど》れるはずだった。

マレーシアで暮らすのは、わたしが六年生になる春から、中一が終わる三月まで。

そう聞かされていたのに、どうして約半年も遅《おく》れるんだ。

四月なら、きっとクラス替《が》えとかがあるから、わたしが編入しても、みんなの好奇《こうき》の視線がそれると思ったのに。

仕事の都合なんだから仕方ないだろ、とお父さんは言ったけど、全然納得《なっとく》できなかった。

そっちの都合で振《ふ》り回《まわ》さないでよ。

泣き叫んでもどうにもならなかったけれど、お父さんなりに心配はしているみたいだ。

でも、そのあからさまな気遣《きづか》い、正直うっとうしい。

「やだ、お父さんのお店連れてくなんて恥《は》ずかしい。」

「おい、恥《は》ずかしいってのは、どういうことだよ。」

「お父さんに会わせるのが恥ずかしいんですー。髪薄《かみうす》くなってきたから。」

「うるせー。薄くないし、仕事中は帽子被《ぼうしかぶ》ってるわ。もういいよ、来なくて。」

お父さんにはしかめ面《つら》を向けながらも、もし連れていくなら誰《だれ》かなと頭のなかで考えた。

やっぱり朋香《ともか》ちゃんかな。

でも、朋香ちゃんは人気者だから、放課後や休みの日に約束できるか分からないな。

それ以外だと……。

二年C組の女子十五人は大きく四つのグループに分かれている。

全員がロングヘアでテニス部に入っているグループ。先生に注意されてもめげずにスカートを短くしている。クラスの男子とも仲がいいけど、よく廊下《ろうか》で男子の先輩《せんぱい》たちとも一緒《いっしょ》にいる。

それから、運動部と文化部の子が交ざったグループ。いつも前日のテレビや芸能人の話で爆笑《ばくしょう》している。その子たちはあんまりモテにはこだわってないみたい。スカートも膝《ひざ》丈《たけ》、テニス部の子とはちがって、くちびるがグロスでうるうるしていることもない。

三つめは茶道部《さどうぶ》の三人グループ。休み時間はいつも一つの机に集まってこしょこしょと、お茶をたてるようなささやかな声で、何やら楽しそうに話している。

最後はマンガ部と美術部のグループ。グループっていっても二人だけだから、ペアっていうのかな。いつもノートに描《か》いた絵を見せ合って遊んでいる。ものすごく深刻な顔をしながら話《はな》し込《こ》んでいるときもあって、ちょっと謎《なぞ》な存在。

わたしはまだどこのグループにも入っているわけじゃない。

朋香ちゃんが四つのグループを蝶《ちょう》のように飛び回るから、わたしはそこにくっついているだけ。朋香ちゃんと一緒《いっしょ》にいるから、みんなとりあえず受け入れてくれるって感じ。

わたしはふと佐藤先輩《さとうせんぱい》を思いうかべた。

佐藤先輩を回転寿司《かいてんずし》に連れていく？

うーん、友達、とはちょっとちがう気がする。今日知り合ったばかりだし。

吟行《ぎんこう》のことはお父さんには、話すつもりはなかった。たぶんお母さんにもお兄ちゃんにも。

短歌をやることにしたなんて、何だか恥《は》ずかしいもん。

もし「何でそんなことしてんの？」って少しでも否定的に言われたら、やめちゃう気がする。

「そういえば、拓斗《たくと》は今度友達連れてくるって言ってたぞ。」

拓斗というのは、わたしのお兄ちゃん。中三だ。

お兄ちゃんはわたしと同じ公立の中学校じゃない。帰国子女枠《わく》で私立大学の付属中学に編入した。

自由な校風で、制服もないし、数えきれないほどの部活がある。もちろんそのまま高校に上がれるし、よっぽど問題を起こさなければ大学にも入学できるみたい。

「ていうかさ、お父さんもお母さんも、お兄ちゃんに甘《あま》いよね。」

わたしはちょっと不機嫌《ふきげん》に口をとがらせた。

「私立に行ったら、お金がかかるじゃん。」

「拓斗は私立がいいって言い張ったからなー。」

帰国するとき、お兄ちゃんは帰国子女がたくさんいる学校に行きたいと言い張った。

たぶんそれは賢《かしこ》い選択《せんたく》。

帰国子女として私立の学校に入れれば、高校受験しなくてすむ。それに帰国子女をたくさん受け入れている学校なら、クラスでうくこともないいんじゃないかな。

「お母さんも拓斗もまだ帰ってこないだろ。先、食っちまおうぜ。」

肉野菜炒《にくやさいいた》めの湯気が鼻の奥《おく》をくすぐる。

わたしたちは四人掛《が》けのテーブルの斜《なな》め向《む》かいに座《すわ》った。

「おい、また米のにおいかいでるぞ。」

「あ、また癖《くせ》が。今日も、給食のとき教室でついやっちゃったんだよね。気をつけてたんだけど。」

うちの炊飯器《すいはんき》で炊《た》いたごはんからももちろんココナッツのにおいはしない。

「寿司職人《すししょくにん》の娘《むすめ》なら、ナシレマより酢飯《すめし》だろ。」

お父さんは苦笑いだ。

マレーシアで、ココナッツミルクで炊いたごはんのことをナシレマという。向こうではまず知らない人はいない定番の料理だ。

わたしはナシレマが好きだった。

「このごはん、何かおもしろい味する。」

「これはナシレマっていってココナッツミルクが入ってるらしいぞ。」

マレーシアに行ったばかりのとき、初めて屋台でナシレマを食べた。独特のにおいでさらさらしたお米の食感に驚《おどろ》くわたしに、ガイドブックを片手にしたお父さんが答えた。

ごはんをココナッツミルクで炊《た》いちゃうってすごくないっ？

カルチャーショックっていうのかな。

だって、日本にいたら牛乳でお米なんて炊かないもん。

でもそれがこの国では当たり前なんだって。国によって当たり前ってちがうんだなって。

ナシレマを食べたときから、常夏《とこなつ》のその国で過ごすのが楽しみになってきた。

「またマレーシアに行きたいなあ。」

「そうか、沙弥《さや》はマレーシアが合ってたんだな。じゃあ、将来はマレーシアに嫁《よめ》に行くか。」

「そういうの、うざい。」

「にらむなよ、お母さんに似て怖《こわ》いな。」

お父さんは何にも知らない。

わたしが公立に行ったのは、本当はお金のためだけじゃない。

再会したい人がいた。

これは誰《だれ》にも言っていない。

今日通った商店街のフジエダ時計店の藤枝港《ふじえだこう》だ。

藤枝はきっとあの学区域の中学校に進学しているはず。塾《じゅく》にも行ってなさそうだったから、私立の中学には進学しないだろうと、わたしは確信していた。

公立で帰国子女だというレッテルを貼《は》られる心配よりも、再会したい思いは強かった。

マレーシアに引《ひ》っ越《こ》す前、三月に入ると、わたしはお母さんとフジエダ時計店を訪《おとず》れた。

わたしは時計を持っていなかったけど、これからの暮らしにはあったほうがいいよねと言って、お母さんが買ってくれることになったから。

ちょっとくすんだガラスの壁《かべ》に、腕時計《うでどけい》をつけて微笑《ほほえ》む女優さんの色褪《いろあ》せたポスター。

二十世紀にタイムスリップしたような店内には、ジャージ姿の藤枝のお父さんがいた。

この人は、いつ見てもジャージ姿にサンダルという気の抜《ぬ》けた格好で店番をしていた。

（お店の片隅《かたすみ》にはきっと趣味《しゅみ》の釣《つ》り道具まで置いてあった。）

藤枝のお母さんは、藤枝が小学校に上がる前に病気で亡《な》くなってしまったという話は聞いていた。だから、店にいるのは、いつも藤枝のお父さん一人だ。

「お、えーっと同じクラスの……。」

「花岡《はなおか》です。主人がマレーシアに転勤することになって、春休みになったら家族で引《ひ》っ越《こ》すんです。まっさか、わが家が海外に行くことになるなんて思ってもなかったんですけどねえ。今日は、向こうに行く前に、この子に時計を買おうと思って。」

「そうですか、春休みに発《た》つんですか。ちょっと待ってくださいね。」

コー、下りてこい、コーとお父さんが藤枝を呼ぶ。

わざわざ呼んでくれなくていいのになー。

藤枝とはとくに仲がいいわけでもなかったから、会っても何も話すことがない。

藤枝は、人物デッサンの本を片手に下りてきた。同じ世代の男子が夢中になっているような少年マンガ雑誌ではなかった。

お父さんと同じようなジャージを着て、寝癖《ねぐせ》がピョッとはねていた。

藤枝は、なんていうか、ちょっと不思議系男子だ。

ふだんからしょっちゅう学校に遅刻《ちこく》してくる。

時計屋の息子《むすこ》なのに遅刻ばっかりしてどうするのって先生によく怒《おこ》られていたけど、どこかいつもうわの空。「起きられなくてすみません。」って謝《あやま》っても二日後にはまた遅刻《ちこく》する。

藤枝さんとこはお母さんがいないから大変なんだよ、ってうちのお母さんは言っていたけど。

「時計買うの？」

藤枝がわたしの手元を見て言った。

わたしはちょっといいなと思ったオレンジ色のベルトの時計を握《にぎ》っていた。文字盤《もじばん》は晴れた日の空色で、色の組み合わせが南国に合っていると思った。

「うん、海外行ったら、時計持ってたほうがいいから。」

「ああ。お父さんがサウジアラビアで油田を掘《ほ》るんだっけ？」

「全然ちがうし。うちのお父さんはマレーシアでお寿司《すし》を握るの。」

「ふうん。マレーシアの時差なら知ってる。日本より一時間遅《おそ》いんだよな。」

その言葉にびっくりした。

「よく知ってるね。さすが時計屋の子だね。」

藤枝はわたしの言葉をするっと流した。

「いつ帰ってくんの。」

「二年後、みたい。」

「ふーん。」

藤枝はレジの近くにあった電卓《でんたく》を取り出して、何やら打《う》ち込《こ》んだ。

「一万七千五百二十回転か。」

「何それ？」

「一日は二十四時間だろ。んで、一年は三百六十五日。それが二年。おまえがマレーシアにいる間に時計が回転する数だよ。」

「うわ、この時計大丈夫《だいじょうぶ》かな。そんなに回転する前に壊《こわ》れそう。」

わたしはオレンジ色のベルトを持ってプラプラ揺《ゆ》らした。

「そう思うなら、買わなくていいよ。別に。」

さっきまでと変わらないポーカーフェイスでも、冷たい声だった。

あ、まずかったかな。

そう思っても、もう引っ込めようがない。

藤枝はなぜかデッサンの本を開き、頭に笠のように被《かぶ》せて店の階段を上っていってしまった。

「やだね、へそ曲げちゃって。ごめんな、あいつは変わってるからな。」

藤枝のお父さんは眉《まゆ》をハの字にした。

「お嬢《じょう》ちゃん大丈夫《だいじょうぶ》だよ、針が止まることはあるかもしれないけど、電池交換《こうかん》すればちゃんとまた動きだすんだから。壊《こわ》れはしないさ。」

その笑顔《えがお》に安心して、その時計を買ってもらったけれど、喉《のど》に何かつっかえたような感じが取れなかった。

それから修了式まで、クラスで藤枝と顔を合わせても、何も話さなかった。

あのときごめんね、なんて改まって言うのも恥《は》ずかしくて。

修了式の日に、わたしはクラスのみんなからのメッセージカードをもらった。担任の先生が出席番号順に並べて、リボンを通して束ねてくれている。

わたしはそれをマレーシアに持っていくことにして、離陸《りりく》する飛行機のなかで初めて読んだ。

一枚目から目を通しながら、ハ行が近づくにつれ、どきどきしてきた。怒《おこ》らせてしまったから、「とっといなくなれ。」とか「アホ。」とか書かれているかもしれない。

広田《ひろた》が書いた『オランウータンにかまれるなよー。』という意味不明なメッセージの次のカードをめくったとき。

『一万七千五百二十回転がんばれ。』

そこには、オレンジ色のベルトの腕時計《うでどけい》をつけた女の子が描《えが》かれていた。左手は文字盤《もじばん》を向かいに見せる形でピースをしている。わたしが時計を買いに行った日に着ていたパーカと同じものを着ている。

というか、それはわたしだった。

絵の下のほうには、ローマ字で『ＳＡＹＡ』と書かれている。

わたしは左の手首の腕時計を見た。時間はもうマレーシア時間に合わせている。

ウソでしょ。

まさかエールをくれるなんて思っていなかった。

藤枝がいた日本が雲に覆《おお》われて遠くなっていく。

今、引き返してもう一度藤枝に会いたい。

とっさにそう思った。会っても何を言えばいいのか分からない。うまく話せる気はしない。

でも。

一万七千五百二十回転の間、ずっと会えないなんて。

飛行機の円い窓に顔を向けて、隣《となり》のお母さんに見つからないように、わたしはこっそり泣いた。

そして、マレーシアに行ってからすぐに知った。SAYAは『私』の意味だと。

日本の中学に編入する直前に、担任の小宮山《こみやま》先生からもらったクラス名簿《めいぼ》に藤枝の名前を見つけたとき、わたしは思わず左手首の時計にふれた。

やっと帰ってきたんだ。日本の空港に着いたときより、強く実感した。

初登校の翌日、この日は二学期初めての給食があった。わたしの席は藤枝の斜《なな》め後《うし》ろ。同じ給食班だから、このタイミングで藤枝に話しかけようと決めて、その日は朝からそわそわしていた。

なのに。

給食の時間になると、教室にやってきた小宮山先生に藤枝は奇妙《きみょう》なことを言いだした。

「先生、おれ、食欲ないんで外行っててていいですか。」

「食欲ないって……。五時間目、体育でしょ？　ちゃんと食べなきゃ倒《たお》れるわよ。」

「倒《たお》れません。朝飯いっぱい食べてきたんで。」

「…………」

小宮山先生は藤枝の目をじっと見て、二人には不思議な間が生まれた。

沈黙《ちんもく》に根負けしたのは、小宮山先生だった。

ふーっと息を吐《は》いて、

「藤枝くん、ちょっと、こっちにいらっしゃい。」

藤枝は廊下《ろうか》に呼び出された。

小宮山先生の表情や声は、なぜかいたわるように優《やさ》しかった。藤枝の体調を心配して保健室にでも連れていったのかな。

翌日から、なぜか藤枝は給食の時間になると姿を消すようになった。

朋香ちゃんにきいてみたら「一学期はふつうに教室で食べてたよ。」と首を傾《かし》げていた。

どうしちゃったんだろう。

藤枝は給食が喉《のど》を通らないほど体調が悪いようには見えない。

胸のなかに、もくもくと雨雲のような不安が広がっていく。

もしかして、わたし、藤枝に避《さ》けられてるのかな。

だって、一学期まではふつうに給食班で食べていたのに。九月にわたしが編入してきたら、突然《とつぜん》席を外すようになるなんて。

わたし、藤枝に嫌《きら》われてるのかな。わたしが、席を外す原因になってたらどうしよう。

大丈夫《だいじょうぶ》、ジイシキカジョウってやつだよ。藤枝は本当にお腹《なか》がすかないんだよ。

そうやって自分に言い聞かせている。

それに、藤枝には謎《なぞ》がもう一つ。

二学期から、クラスでいちばん早く登校するようになったらしい。学校のカギを開ける校務員さんと同じくらい早いらしいというウワサだ。

小学校のときはあれだけ遅刻癖《ちこくぐせ》があったのに。

再会をあんなに楽しみにしていたくせに、何だか不思議系を通《とお》り越《こ》して謎だらけの行動をとっている藤枝に話しかける勇気がなくなってしまった。

結局まだ一言も話せていない。

もし話しかけるとしたら、「藤枝」？「藤枝くん」？

それさえ決められない。

あの腕時計《うでどけい》が今でもわたしの左手首にあること、気づいてるかな？

「どうした、箸《はし》が止まってるぞ。」

お父さんの言葉で、わたしの意識は、はっと目の前の肉野菜炒《にくやさいいた》めに戻《もど》ってきた。

「お父さんの切った野菜ってさー、大きすぎるよ。大ざっぱすぎ。」

「何言ってんだよ。寿司《すし》のネタも大きいほうがいいだろ。得したって感じだろ。」

お父さんはがっがっと肉と野菜を口に流《なが》し込《こ》んでいる。


「三年A組、佐藤莉々子《りりこ》。」

翌朝の全校朝礼で、聞き覚えのある名前が体育館に響《ひび》いた。

誰《だれ》だっけ……。

寝《ね》ぼけた頭で佐藤、佐藤、サトゥと繰《く》り返《かえ》して、やっと思い出した。

督促女王《とくそくじょおう》！

ひょんなことから吟行《ぎんこう》のパートナーになった佐藤先輩《せんぱい》の名前が呼ばれている。

「先日、全校いっせいに行った漢字テストの一位は、佐藤莉々子さん。前へ出てきてください。」

佐藤先輩《せんぱい》は颯爽《さっそう》としたウォーキングで、壇上《だんじょう》にいる校長先生の前に立った。

拍手《はくしゅ》に混ざって、さわさわと周りから声がする。

「まあ、当然だよね。」

「あの人、中一のときは御三家《ごさんけ》の中学に通ってたんでしょ。」

「私立でリタイアしても、公立に来れば一番になるなんてカンタンだよね。」

「いい気になっててやだね。」

ひそひそ話っていうのは、どうしてこんなによく耳に届くんだろう。

自分のことを言われているわけじゃないのに、校庭の土埃《つちぼこり》が喉《のど》につまってしまったときみたいに、わたしは苦しくなった。

佐藤先輩の耳にはそんな声が届いていませんように。

賞状を受け取ると、ただ前を見て自分の列に戻《もど》っていく。

表彰《ひょうしょう》が終わっても、わたしはしばらく佐藤先輩のことを考えていた。

佐藤先輩も転校生だったたって、初めて知った。

昨日の吟行《ぎんこう》のときは、その話は聞いていなかったから。

転校したばかりのときは、佐藤先輩も、悪目立ちしないようにとか考えて悩《なや》んだのかな。今の佐藤先輩《せんぱい》の振《ふ》る舞《ま》いを思うと、そんな気配はみじんもない。誰彼《だれかれ》かまわず、怖《こわ》い顔で本を返すように催促《さいそく》するし、マイペースに短歌なんか詠《よ》んでいる。

とても誰かの目を気にしながら生きているようには見えない。

佐藤先輩は強いな。

わたしとはちがうんだ。

「さーや、今日バスケ部見学に来る?」

翌週の木曜日、給食の時間。朋香ちゃんに言われるまですっかり忘れていた。そういえば誘《さそ》われていたんだった。

「あ、えーっと。ごめん。今日はちょっと。」

「そっかあ、残念。」

転校生のわたしは、今月中に部活を決めることになっている。部活は強制じゃないけど、中二のほとんどは何かしらの部に入っているみたいだった。

「バスケ部って木曜日が活動日なんだっけ?」

「うん。週二回。月曜と木曜だよ。わりとゆるくて楽なんだ。」

ダメだ、吟行《ぎんこう》とダブってる。佐藤先輩《せんぱい》との吟行は、毎週木曜日だ。

「何か、習い事があるの？」

「じゃ、ないんだけど……、木曜日はちょっと用事があって。」

佐藤先輩と一緒《いっしょ》に短歌を詠《よ》むことにしたの、なんて言えない。

だって、督促女王《とくそくじょおう》なんて変なあだ名つけられちゃうような人と仲よくしているなんて知られたくない。

そのとき、勢いよく扉《とびら》が開いた。

振《ふ》り返《かえ》らなくても誰《だれ》か分かる。

だって今日は木曜日。督促女王こと、佐藤先輩が登場する日だ。

一週間前とまったく同じシチュエーション。わたしはとっさに目をそらして、わかめごはんを一気にかき込《こ》む。顔が隠《かく》れるように、食器を斜《なな》めに傾《かたむ》けて。

来るな、来るな、話しかけないでよ。

わたしの願いははねのけられ、

「今日も三時半に図書室でね。」

佐藤先輩《せんぱい》がわたしの横で立ち止まって言った。

わたしは、聞こえないふりをした。

「聞いてる？　三時半に出発するよ。」

この人は短歌を詠《よ》むくせに空気を読まない。

わたしは、チラリと顔を上げ、

「はい……。」

首をけがしているカメのようにひかえめにうなずいてみせた。

「どこに出発するんすかっ？」

オカモトくんが佐藤先輩にきいた。

「ヒミツ。」

にやっと笑った佐藤先輩が離《はな》れると、恐《おそ》れていた事態がやってきた。

「さーや、今日、督促女王《とくそくじょおう》と何の約束してるの？」

「いや、とくに……。」

「でも、出発って言ってたよ？」

「ああ、うん。なんていうか、まあ……。」

朋香ちゃんの顔に疑問の表情がうかぶ。

「だからバスケ部来られないのか。仲いいんだね。」

「そういうわけじゃないよ！」

わたしは、必死に首を横に振《ふ》る。

朋香ちゃんを失いたくない。

佐藤先輩《せんぱい》へのイライラが募《つの》る。

やめて、教室で話しかけないで。わたしまで変わり者だと思われちゃうから。

「無理やり連れていかれるだけなんだよ。ほんとは迷惑《めいわく》！」

そう言った瞬間《しゅんかん》、我に返った。

言いすぎた。

わたしがあわてて教室を見回すと、もう佐藤先輩はいなかった。

大丈夫《だいじょうぶ》。聞こえてない、よね。

昼休みの終わりを告げる予鈴《よれい》が鳴ると、藤枝が教室に戻《もど》ってきた。

佐藤先輩みたいに勢いよく入ってくるわけでもないのに、わたしはすぐに彼《かれ》に気づいてしまう。

そっと横目で藤枝の様子をうかがう。

まだざわついている教室で、オカモトくんが藤枝にからんだ。わたしは素知らぬふりして耳に全神経を傾《かたむ》ける。

「おー、藤枝。今日の給食のコロッケ、めちゃウマかったぞ。」

「ふーん。おれ、給食いらないから、別に。」

「もったいなー！　明日は、ハンバーグだぞ？　なのに食わないなんて。おまえの胃袋《いぶくろ》どうなってるんだよ。」

オカモトくんはふざけて藤枝のお腹《なか》にパンチをしようとする。

それをよけた藤枝とふいに目が合った。

わ、やば。

何も後ろめたいことはないはずなのに、わたしは目を伏《ふ》せる。

藤枝が教室で給食を食べない理由は、わたしじゃない。

自分に言い聞かせる。

だって、わたしを避《さ》けるために、昼ごはんを抜《ぬ》くはずないもん。

放課後、指定された時間に図書室に行くと、どこにも佐藤先輩《せんぱい》の姿はなかった。

待ってみるけれど、三時四十五分になっても、四時になっても現れない。

「あの、督《とく》そ……、佐藤先輩どこにいるか知りませんか？」

カウンターでパソコンに向かっていた司書の七海《なならみ》さんにきいてみた。

「さあ……今日は見てないね。明日の昼休みは図書委員の当番で来るけど。三年A組の教室のぞいてみたら？」

ああ分かりました、と答えたものの、ちょっと気が引けた。上の学年のクラスをのぞくのってすごく勇気がいる。

図書室から出て、教室の扉《とびら》にはまっている窓から佐藤先輩の姿を捜《さが》した。いない。数人が窓際《まどぎわ》に集まって何かしゃべっているだけだった。

残念、かも。

わたしはいつの間にか吟行《ぎんこう》を楽しみにしていたみたいだ。

翌日の昼休み、佐藤先輩は図書室の書架《しょか》の整頓《せいとん》をしていた。

「昨日、吟行するんじゃなかったんですか？」

わたし、待ってたんですけど、ということをアピールするように、わたしは少し口をとがらせた。

「もう行かないよ。」

「え？」

「花岡さんと吟行《ぎんこう》はしない。」

佐藤先輩《せんぱい》はわたしのほうを見ず、本の背ラベルに目を向けたまま言った。

「わたしといるところを見られるの、嫌《いや》なんでしょ？」

ああ。

昨日の給食の時間、自分の口から飛び出た言葉を思い出す。

『無理やり連れていかれるだけなんだよ。ほんとは迷惑《めいわく》！』

あの言葉が聞こえていたなんて……。

わたし、サイテーだ。

「ごめんなさい。あの……。」

ちがうんです、と言おうとしたけれど、言えなかった。

何も、ちがわないじゃないか。

下級生からも変わり者扱《あつか》いされている佐藤先輩《せんぱい》と、仲よくしていることを周りに知られるのが嫌《いや》だった。

わたしまで変わり者のカテゴリーに入ってしまうと思ったから。

なのに、二人でいるときは仲よくしたいなんて、虫がいい。

佐藤先輩の気持ちなんて考えていなかった。

「わたし、周りから自分がどう呼ばれてるかなんて知ってるよ。いばって督促状《とくそくじょう》を持ってくるから、督促女王。どの教室も、わたしが入っていくと嫌そうな顔をする。」

「わたしは……。」

「いいよ、自分の身を守りなよ。わたしとちがって、中学生活まだまだ続くんだから。居《い》心地《ごこち》いい寝床《ねどこ》は必要だよ。」

佐藤先輩はくちびるだけで微笑《ほほえ》んでいた。怖《こわ》いと思った。だってそれは、本当の笑顔じゃないと分かったから。

昼休みだけじゃない、何かもっと大事なものの終わりのような予鈴《よれい》が鳴る。

「それじゃあ。」

佐藤先輩はわたしの横をすり抜《ぬ》けた。

「じゃあ七海さん、戻《もど》りますね。」

「お疲《つか》れさま。今日はもう一人の当番の服部《はっとり》さん来なかったわねえ。」

「来週はサボらないように言っておきます。」

佐藤先輩《せんぱい》と七海さんのやり取りが耳に届く。

わたしも教室に戻らなくちゃ。でも、動けない。

そのとき、本棚《ほんだな》に並んでいる一冊が目に留まった。

何だか懐《なつ》かしさが胸に広がって、それがマレーシアの日本人学校の図書室で読んだ小説だと少し遅《おく》れて気がついた。

その本を見つめていると、

「あら、花岡さん。もう本鈴《ほんれい》鳴るよ。教室戻って……ていうか、どうしたの？」

七海さんに声をかけられた。

「あ、えと、その。これ借りたくて。」

わたしはとっさにごまかし、人さし指をかけて本棚からその本を抜《ぬ》き出《だ》した。

この本を胸に抱《かか》えて目を閉じたら、マレーシアの日本人学校の図書室にワープできればいいのに。

そんなファンタジーの世界のようなことを考えたら、涙《なみだ》が出てきた。

「この本、マレーシアで通ってた学校の図書室にもあったんです。わたし……マレーシアに帰りたい。」

わたしは日本に帰ってきてから、周りの目ばかりを気にしている。

どうして。どうして。

わたしは悔《くや》しかった。

飛行機で運ばれる間に、自分の性格が変わってしまったような気がする。

マレーシアはいろんな民族がごっちゃに暮らしている多民族国家だ。

わたしは、マレーシアには東南アジア系の顔の人たちだけが住んでいると思っていた。

でも、そうじゃなかった。

電車に乗っても、一つの車両にいろんな人たちがいた。

トゥドゥンと呼ばれるベールを被《かぶ》ったイスラム教徒の女性たち。そのトゥドゥンはカラフルで、数人で身を寄せている後ろ姿は、きれいな羽の鳥たちみたいに見えた。

その前でおしゃべりしているのは、わたしたちとよく似た中華系《ちゅうかけい》の人たち。（でも、髪《かみ》型《がた》や服のセンスとか、どこか日本人とちがう。）

ドアに寄りかかっているのは、目のぱっちりしたインド系のお兄さんたち。

マレーシア語も、英語も、どこの国か分からない言葉も混ぜこぜで聞こえてきた。

そんな車内から、窓の外の景色以上に目が離《はな》せなかった。

タブンカ、なんていう言葉はまだよく知らなかった。でも、一つハッキリ言えることは、わたしの気分がかなり上がったということ。

すごい、すごい、すごい。

暮らし始めると何を見ても新鮮《しんせん》で、サイダーの泡《あわ》みたいな刺激《しげき》があった。

扉《とびら》を完全に閉じる前に走りだしちゃうバス。

舗装《ほそう》がボッコボコのアスファルト。

屋台で売られているカエル肉の料理。

鼻にパンチを食らわすドリアンが山積みになった出店。

バッサバッサと葉が生《お》い茂《しげ》るヤシの木たち。

大自然と都会が隣《とな》り合《あ》わせにあって、街の中心にはペトロナスツインタワーと呼ばれるトウモロコシみたいな形のビルがそびえ立つ。

蜘蛛《くも》の巣《す》みたいな大きなヒビを窓ガラスに入れたまま走っている電車もあったっけ。

解放感、というのかな。

ここに来ることができてすごくラッキーだと思った。

みんなで同じものを持たなくちゃ、同じようなタイムで走らなきゃ、同じものをおいしいと思わなきゃ。

マレーシアに来る前のわたしはそんな思いにとらわれていた。それは四年生の後半あたりからわたしの胸に蜘蛛の巣のように張りついていた。

でもここは、人とちがっていても仲間外れにされちゃうような場所じゃない。マレーシアで、わたしたち兄妹《きょうだい》が入った日本人学校もそうだった。

インターナショナルスクールってガラじゃないよね、とか言ってお父さんとお母さんが決めた学校だったけれど、学年の隔《へだ》てはなくて自由だった。一つ二つの歳《とし》の差なんて気にせず、よく一緒《いっしょ》に遊んでいた。

なのに、今のわたしときたら。

人とちがうことを怖《こわ》がって、人とちがうことを否定して。

こんな自分、嫌《いや》だ。

「花岡さん。」

とん、とん。七海さんは横からわたしの背中を優しくたたき、

「その本、私も好きだよ。」

ほんわかした口調で言った。

「私が中学生のころに発行された本なの。主人公の女の子に、自分を重ねて読んでた。」

わたしはまじまじと七海さんの顔を見る。

大人の人の年齢《ねんれい》ってよく分からないけど、七海さんはまだお姉さんって呼べるくらいには若い。白い肌《はだ》には少しソバカスがあって、赤いフレームの眼鏡の奥《おく》の目がどんぐりみたいに丸くて茶色い。

それでも、この人が中学生のころって、きっと十年以上前の話だ。

「私は、昔から本が好きだったから、休みの日は一日中、自転車に乗って図書館巡《めぐ》りをしてたの。たいていの図書館にその本は置いてあった。それがすごく心のよりどころになった。嫌《いや》なことや悲しいことがあって自分の心がグラグラになっても、その本は私が行く先々で、どこでも同じ凛《りん》とした姿で図書館にある。それを見ると、安心して、私も自分の気持ちを立て直すことができたの。」

マレーシアの日本人学校の図書室にも、この中学校の図書室にも。遠く離《はな》れた場所で

も、この本は変わらない……。

そういえば、マレーシアの日本人学校に編入したばっかりのころ、日本でよく読んでいた本が図書室にそろっていて、何だかほっとしたっけ。

今はそれの逆だなんて笑ってしまう。

「佐藤さんね、編入してきたあなたのことを気にしてたよ。佐藤さんも転校生だったから、花岡さんの心配や緊張《きんちょう》を和《やわ》らげようとして、それで吟行《ぎんこう》に誘《さそ》ったんじゃないかな。ただ、不器用だから、あんな命令口調になってたけど、花岡さんと仲よくなりたかったんだと思うよ。」

わたしと仲よくなろうと……？

もし、それが本当だったら。単に出席番号が三十一だからだけじゃないとしたら……。

わたしはひどいことを言ってしまった。

そう思ったとき、本鈴《ほんれい》が鳴った。

「教室に戻《もど》れそう？」

わたしはうなずいた。

教室に戻る途中《とちゅう》、埃《ほこり》の転がる廊下《ろうか》を急ぎ足で進みながら考える。

佐藤先輩《せんぱい》に謝《あやま》らなきゃ。

どうにか、仲直りをする方法……。

気持ちを伝えるにはどうすればいい？


月曜日の朝、わたしは三年A組の後ろの扉《とびら》をそろりと開けた。

佐藤先輩の目印はつややかなロングヘア。教卓《きょうたく》の目の前の席で本を開いているのが、すぐ目に入った。

「失礼します！」

思った以上に大きな声が出て、教室にいる人たちの視線がわたしに集まる。

怖《こわ》くない、怖くない。わたしは自分に言い聞かせ、ずんずんと目指す席まで進んだ。佐藤先輩は振《ふ》り返《かえ》らないままだ。

「あの、これ！」

わたしはタンカードを渡《わた》した。

「何？」

「この間の続きを見てみてください。わたしの短歌が書いてあります。」

それだけ言うと、佐藤先輩《せんぱい》の言葉を待たずに、教室を出た。

わたしの伝えたいことは、あの短歌に託《たく》してあるから。

『ジャランジャラン　願いを込《こ》めてもう一度いっしょに歩いてみたい道です』

伝わりますように。


放課後、待ち合わせているわけじゃないけれど、わたしは図書室にいた。佐藤先輩に会えるとしたらここだから。

「何？　ジャランジャランって？」

声のほうを見ると、佐藤先輩が本棚《ほんだな》に寄りかかって腕組《うでぐ》みをしていた。

「ジャランは、『道』。ジャランジャランで『散歩』っていう意味になります！」

来てくれた。

それだけのことがうれしくて、わたしは図書室なのも忘れて大きな声で答えた。

そして大きく息を吸う。

「ごめんなさい！」

耳にかけていたボブの毛先がぱさりと落ちる。

「わたし、吟行楽《ぎんこう》しみにしてたのに、なのに、周りにどう見られるか気にして……。すごくかっこ悪かったです。」

「顔上げなよ、もう気にしてないから。」

「ほんとですか。」

佐藤先輩《せんぱい》の顔を見ると、少しきまり悪そうに目をそらされた。

「怒《おこ》ったりして、大人げなかったかなって。転校生だったら、周りに溶《と》け込《こ》まなきゃって思う気持ちも分かるし。」

「あら、お二人さん来てたの。」

カウンターから七海さんが出てきた。

「あ、七海さん見てください。これ、花岡さんの短歌。」

佐藤先輩はタンカードを七海さんに見せた。

七海さんはそれを見ながらしばらく黙《だま》り込《こ》む。待っている間、わたしはくすぐったいような気持ちだった。

「この歌、いいと思う。初めにジャランジャランっていう言葉の勢いがある。それに願いっていう言葉が続いて、まるでジャランジャランが神社の鈴《すず》を鳴らしているかのような印象を与《あた》える。うまいわ。佐藤さん、いいパートナーを見つけたじゃない。」

佐藤先輩《せんぱい》も隣《となり》でうなずいている。

「わたし、そこまで深く考えてなかったんですけど……。」

でも、ほめられるとうれしい。

「七海さんも短歌好きなんですか？」

「わたしに短歌をすすめてくれたのは七海さんだよ。」

佐藤先輩は言った。

「そうなんですか。」

「佐藤さんには、短歌って合ってるんじゃないかなって思ったの。自分のなかの価値観を大事にしていて、周りに流されない。なんていうか、そういうところ。だから歌集や入門書を渡《わた》したの。」

「そうしたら、そのなかに大好きな一首があった。」

佐藤先輩はそこで言葉を切って、すうっと息を吸った。

「『一度だけ「好き」と思った一度だけ「死ね」と思った　非常階段』」

歌を唱える佐藤先輩の声はまっすぐで迷いがなくて、よく通った。

「中二のころの教室から非常階段の踊《おど》り場《ば》が見えてね、教室抜《ぬ》け出《だ》してあそこで昼寝《ひるね》でもしたいなあってよく思ってたの。そんなとき、この歌を知って、短歌に引《ひ》き込《こ》まれたんだ。『好き』と『死ね』の部分にどんな物語があったんだろうって、心をつかまれた。そのときから、わたしも短歌を詠《よ》みたいって思ったの。」

「よかった。生徒と本をつなぐことができて、学校司書冥利《みょうり》につきるわ。」

うんうん、と七海さんがうなずく。

「七海さんも短歌を詠むんですか？」

「私は、読書の読、の読む専門。」

七海さんは顔の前でぱらぱらと手を振《ふ》った。

七海さんって、本当に本が好きなんだな。しかもそれがそのまま仕事になっちゃったわけだし。

七海さんの世界って、本のなかだけで完結している気がする。それって楽しいのかなって、ちょっと疑問。

「さて、先週行かなかった分、今日吟行《ぎんこう》に行きますか。」

佐藤先輩《せんぱい》が伸《の》びをした。

「行く！　行きます！」

「今日は近くの神社でもいいかもね。」

もう図書室の出口に向かって、佐藤先輩《せんぱい》は歩きだしている。わたしはやっぱり、この背中が好きだ。

神社に行ったら、何か願いをかけようかな。

やっぱり、早くクラスに溶《と》け込《こ》めますように、かな。

4《ンパッ》 赤い下着

あれ、もういなくなっちゃうの？　太陽を呼び止めたくなるくらい、日が暮れるのが早くなった十月半ば。

わたしが学校からまっすぐ帰れば、四時過ぎ。それでも外はだんだんと薄暗《うすぐら》くなり始め、肌寒《はださむ》くなっている。

気温が下がるたび、何だかマレーシアの日々が遠くなってしまうような気がして、さみしい。

ローファーのつま先を見つめながら帰り道を歩いていると、「花岡《はなおか》さん。」と後ろから声をかけられた。

「佐藤先輩《さとうせんぱい》。」

吟行《ぎんこう》の日以外で帰り道が一緒《いっしょ》になるのは初めてだった。

「今日は塾《じゅく》ですか？」

「受験生だからね、いちおう。」

前に佐藤先輩《せんぱい》からきいた話によると、週に三日、塾に通っているらしい。

「どんな高校狙《ねら》ってるんですか？」

「私立の女子校かなあ。男子がいるとめんどくさい。余計なことに悩《なや》みたくないの。」

「余計なこと？」

美人だから、モテて女子に妬《ねた》まれるとかそういうことなのかな？

横目で見た佐藤先輩の表情は暗かった。

「女子校って、ちょっとあこがれの世界です。『ごきげんよう。』とか挨拶《あいさつ》するのかなあ。」

佐藤先輩に笑ってほしくて、わたしはオーバーに口に手を当てて「おほほほほ。」とおどけてみた。

「一言で女子校っていったって、雰囲気《ふんいき》は学校によっていろいろなんじゃないの？　校則が超《ちょう》厳しい制服の学校もあれば、私服で自由な学校もあるわけだし。まあ、わたしはどんな高校に行こうと短歌があればいいから関係ないけど。」

「さすが。佐藤先輩らしいですね。」

「受験といえば。花岡さんだって、来週から中間試験でしょ。」

「う……。」

そう、この中学校に入学してから初めての中間試験が来週始まる。

「英語だけは何とかなるかもと思ったけど、そうでもなくて……。」

マレーシアは公用語がマレーシア語だけれど、多民族国家だからか、英語がふつうに使われている。

でも、英語の知識ゼロでマレーシアに行ったわたしは、ところどころ、マレーシア語と英語の区別がつかず、頭のなかでごちゃまぜにしていることも発覚した。

たとえば、カンポン。マレーシア語で『田舎《いなか》』という意味なんだけど、わたしはこれを英語なんだと思《おも》い込《こ》んでいた。

「そうだ、明日はどこ行く？」

「え、中間試験の前も吟行《ぎんこう》するんですか？」

「当たり前でしょ。」

佐藤先輩《せんぱい》はしれっと答えた。

「だって今週から部活も活動休止ですよ。」

「関係ないから！　明日も三時半に図書室で。」

渡《わた》しておくね、と佐藤先輩《せんぱい》はポケットからタンカードを取り出してわたしに握《にぎ》らせる。

じゃ、と手を振《ふ》ると、わたしを追《お》い越《こ》して帰ってしまった。

「マイペースだなあ。」

わたしはあきれながら笑ってしまう。

明日の吟行《ぎんこう》をしないほうが、数学で十点多く取れるとしても、きっとわたしは行ってしまうだろう。いや、十五点でも。

二十点なら……ちょっと考える。


その日、家に着いたわたしとすれ違《ちが》いで、お母さんは玄関《げんかん》でスニーカーを履《は》いていた。

「あら、沙弥《さや》おかえり。じゃあ、お母さん行ってくるから！」

「今日もスポーツクラブ？」

「そう。夕ごはんはお父さんが何かつくってくれるから食べてて。」

お母さんはやけに楽しそうだ。

最近、お母さんはスポーツクラブに行く時間が長くなった。前は五時ごろに出かけてほんの一、二時間で帰ってきたけれど、最近では夕方四時過ぎから出かけ、帰りは九時ごろということもある。

そんなに鍛《きた》えてどうするんだろ。

わたしのちょっとしらけた気持ちにも気づかず、お母さんは出かけていく。

ま、いいや。

それより、目の前に迫《せま》っているテストのこと考えなきゃ。

「おー、沙弥帰ったか。」

リビングから聞こえるお父さんの声に、「んー。」と適当に答えて自分の部屋に入る。

とりあえず勉強机に向かったはいいけれど……。

「スサスサスサ！」

数学の教科書をぱたんと閉じて、わたしは机に突《つ》っ伏《ぷ》した。ちなみに、スサはマレーシア語で『難しい』の意味。

今日の帰りに佐藤先輩《せんぱい》から受け取った、タンカードを取り出した。

タンカードは、ふだん佐藤先輩かわたしのどちらかが持っていて、おたがいが家で詠《よ》んだ短歌も書《か》き込《こ》んでいる。だから、新しい歌が詠めたら、吟行《ぎんこう》のときじゃなくても、今日みたいに渡《わた》すこともある。新しい歌は一首だけでもいいし、たくさんでもいい。

何だか、交換日記《こうかんにっき》みたい。

勉強しなきゃいけないのに、タンカードを開き、つい新しい短歌を考えてしまう。

分かってる、現実逃避《げんじつとうひ》ってやつ。

国語、数学、歴史、それぞれ詠《よ》むなら……？

『すらすらと解いてみせたい問一の漢字問題いきなりスサスサ』

『寝《ね》る前に頭につめた公式も夢の出口に着くころにルパ』

『年号を覚えなくてはダメですか　キラキラ百年前の出来事』

ちなみにルパは『忘れる』、キラキラは『だいたい』という意味のマレーシア語。

最近、ふと気がつくと、指を折って音を数え、短歌を詠んでいる。眠《ねむ》くなる授業中や、お風呂《ふろ》で湯船につかっているときや、布団《ふとん》のなかやなんかで。

佐藤先輩《せんぱい》に出会わなかったら、テスト前の現実逃避に短歌を詠んだりなんてしなかっただろうな。きっとスマホのゲームで遊んだり、ひたすら動画を見たり。

わたしはタンカードをさかのぼる。

先週の吟行《ぎんこう》から数日間で、先輩はどんな短歌を詠んだんだろう。

日記みたいに具体的に詳《くわ》しく書かれていない分、三十一文字から想像を広げるのが楽しい。

『何を着ることになっても愛想《あいそ》では笑うことないリリちゃん人形』

リリちゃん人形？　何で無愛想なのかはよく分からないけれど、リカちゃん人形の間違《まちが》いじゃないの？

親切心で二番目の「リ」の字に消しゴムをかけようとした瞬間《しゅんかん》に気がついた。

「リリ、コ……。」

佐藤先輩《せんぱい》の下の名前は、莉々子《りりこ》だ。

「これ、佐藤先輩が自分のことを詠《よ》んだ……？」

今日の帰り道の佐藤先輩を思い出す。

じゃあ、この歌はどういう意味なんだろう。

「どんな服を着ることになっても愛想笑いはしない……？」

佐藤先輩がもともと愛想笑いしないタイプなのはよく分かる。じゃあ、どんな服を着ることになってもっていうのは？

だいたい、中学にいる間はいつも制服を着ている。それに、先輩はモデルをしているわけじゃないから、いろんな服を着せられるわけじゃないし。(まあ、スタイルよくてきれいだから雑誌に載《の》っていても違和感《いわかん》ないと思うけど。)

うーん、分からないよ、佐藤先輩《せんぱい》。これじゃ意味が気になっちゃって、ますます勉強が手につかない。

今日の帰りに、タンカードを見てその場できけばよかったなあ。高校受験の話なんかじゃなくて。

……ん?

「高校受験のこと、かも……?」

女子校に進学したいと言っていた佐藤先輩。学校によって雰囲気《ふんいき》はちがうと言っていた佐藤先輩。どんな環境《かんきょう》になってもゴーイングマイウェイな佐藤先輩。

線でつなげると……。この短歌になるかも!

「佐藤先輩らしすぎる。でも、自分でリリちゃん人形なんて、おちゃめすぎるんですけど。」

思わずツッコんでしまう。

暗号を解読したような気分で、カードを一枚めくった。

『脱《ぬ》げば脱ぐほど体重を増していく　わたしはわたし、嫌《いや》というほど』

どきっとした。

なになになにっ!?　「脱げば脱ぐほど」って。これが中三のつぶやくフレーズ？

でも、落ち着いて下《しも》の句まで読めば（五七五七七の五七五は「上《かみ》の句」、七七は「下の句」っていうんだって）、どうやら恋《こい》の短歌じゃなさそう。

意味を手繰り寄せるように指を折ってみると不思議なリズムだ。上の句が五七五になっていない。短歌にはこういう形もあるんだな。

さっきの短歌は「着る」、今度は「脱ぐ」だ。

脱げば体重は減るでしょ？　何で増えるとかいうのかな。もー、あまのじゃく！　付き合っていられません！

この歌の意味は明日の吟行《ぎんこう》のときにきこう。わたしはタンカードをしまって、今度は理科の教科書を開いた。

……十分ももたなかった。

教科書をひっつかんで、わたしは勉強していた部屋からリビングにはい出た。勉強をしていると息がつまる。酸素、酸素がほしい。

「おう、どうした。」

「もうテスト無理、全然わっかんない。」

「拓斗《たくと》に教えてもらえよ。もう帰ってきてるぞ。部屋のぞいてみれば？」

お父さんが台所で豆腐《とうふ》を切りながら言う。

まな板に転がる、大量のサイコロみたいな豆腐。今日はきっと麻婆豆腐《マーボーどうふ》だ。

「やだよ、きっと分かんないよ。お兄ちゃんにも。」

わが家は、家族全員分の個室はない。だから、お母さんとわたしの部屋、お父さんとお兄ちゃんの部屋という具合に、二つの部屋に分けている。

その部屋割りは、マレーシアに行く前から変わっていないけど、日本に戻《もど》ってからはお父さんとお兄ちゃんの部屋に何だか入りにくくなった。

「じゃ、あきらめろ。おれとお母さんの遺伝子だ。そんなに頭よくなるわけないからな。」

「それ、自分で言う？」

お父さんは、もともとサラリーマンだった。お父さんいわく、「名前を書けば入れる大学」を卒業して、「健康なら入れる会社」に入ったらしい。

もちろん、学生時代に板前さんのところで修業《しゅぎょう》したわけでも調理師になるための学校を出たわけでもない。

そんなお父さんがどうして寿司職人《すししょくにん》になったかといえば、職場でお母さんと出会ったからだ。

お母さんの理想の相手の条件が、自分の手で何かをつくれる人だったらしい。手でつくるもの、イコール寿司。

ポスト、イコール赤というくらいの単純明快な発想で、お父さんは付き合いたい一心で、会社を辞《や》めて回転寿司のチェーン店に就職した。

それでマレーシアにまで行っちゃうんだから、人生ってどうなるか分からない。

お父さんの人生を変えた当の本人は、「タイプじゃないから、断る口実だったのよね。」なんて言ってるけど。


今日はめずらしくお兄ちゃんがいて、お母さんだけがいなかった。

玄関《げんかん》のカギが回る音がしたのは、わたしたち三人が麻婆豆腐《マーボーどうふ》をとっくに食べ終わって、試験前の現実逃避にテレビを見たりスマホをいじったりしていたときだった。

「ただいまー。」

「おう、麻婆豆腐《マーボーどうふ》、お母さんの分取ってあるぞ。」

お父さんの言葉に、お母さんはちょっと決まりが悪そうな顔をした。

「もう、すませてきちゃったの。」

「えー、外食ずるー。」

お兄ちゃんがスマホから顔を上げて悔《くや》しがった。

「何だ。どこで何食べたんだ？」

「えー？　スポーツクラブの近くで豚《ぶた》しゃぶ？」

お母さんは若い子みたいに語尾《ごび》を上げた。

ちょっと、何かおかしい。

わたしは思わずお兄ちゃんに視線を送った。お兄ちゃんはわたしの視線を受け止めて変顔をした。同じように思っているみたいだ。

お父さんが、テーブルに片肘《かたひじ》をついて、上目遣《うわめづか》いでお母さんを見た。

「誰《だれ》とだよ？」

「スポーツクラブの仲間よ。ほら、マレーシアにいたときって、豚肉なかなか食べられなかったじゃない？　それを言ったらじゃあ『食べに行こう。』って話になっちゃってー。」

マレーシアはイスラム教徒が六割。国の宗教になっている。イスラム教徒は豚《ぶた》を食べない。だから、わたしたちもマレーシアにいるときはあまり豚肉料理を食べる機会はなかった。

「連絡《れんらく》くらいよこしたっていいだろ。メシつくって待ってたんだから。」

お父さんはテレビのリモコンで次々とチャンネルを替《か》えている。イライラしているときの癖《くせ》だ。

「いいじゃない、二年半も向こうにいて、やっと日本に戻《もど》ってきたんだから。好きなことくらいしたって。」

へ？　わたしは耳を疑った。

いつものお母さんだったら、「はいはーい。」とか「ごめんごめーん。」とか言って流すところでしょ？

お母さんは居間を出て自分の部屋に入っていった。わたしたち二人の部屋。

そのドアを見ていると、何だか言葉にならない不安がわいてきた。

「……佐藤先輩《せんぱい》、何枚着てるんですか？」

「は？」

翌日、吟行《ぎんこう》の待ち合わせでいつもどおり図書室に来た佐藤先輩《せんぱい》に意を決してきくと、先輩は氷点下の表情できき返した。

「何の話？」

「タンカードに書いてあった短歌です。何ですか、『脱《ぬ》げば脱ぐほど体重を増していく』って。逆を言えば、着れば着るほどやせる、だなって。そんな魔法《まほう》の洋服なんてあるんですか？」

ははっと佐藤先輩は笑った。

「おもしろいな、そんな解釈《かいしゃく》したの。余計な飾《かざ》りを脱ぎ捨てていけば、変われない本当の自分が残るんじゃないかなって思ったんだよ。」

「余計な飾り？」

「たとえば……流行《はや》りに乗せられて買った服とか、スマホでダウンロードしすぎたアプリとか。自分の趣味じゃないのにさ。」

「そんな意味だったんだ……。」

『変われない本当の自分』なんて、芯《しん》の強い佐藤先輩にぴったりだ。

「それか、一瞬すごくセクシーな歌かと思ってしまいました。……誰《だれ》の前で脱いでるのかなって、うわあぁっ。」

自分で言っていて恥《は》ずかしくなって、わたしは顔を覆《おお》った。

「妄想《もうそう》しすぎでしょ。」

佐藤先輩《せんぱい》があきれたようにそう言ったあと、「そういうインパクトもちょっと狙《ねら》ったけど。」と目を細めた。


お母さんの変化は、見ないふりをしても見えてしまう。

だいたいスポーツクラブに行くのに、どうして化粧《けしょう》をし直すわけ？

その日はわたしが吟行《ぎんこう》から帰ってくると、お母さんはスポーツクラブに行く準備をしていた。

もう荷物はまとめ終わっているのに、お母さんは鏡の前にぺったり張りついて化粧をしている。

その姿は、学校のトイレでちゅるちゅるとグロスを塗《ぬ》っている女の子たちと同じような感じがする。

もしや。

恋《こい》、だったらどうしよう。

まさかまさかまさか。

わたしのなかの「お母さん」がぐらんと揺《ゆ》らぐ。

やだ、勘弁《かんべん》、気持ち悪い。

誰《だれ》かに相談したいけど、お兄ちゃんには言えない。こんな話、恥《は》ずかしくてできるわけがない。

お母さんの形をした別の誰かを見るような思いで、お母さんの背中を見たとき、トドメを刺《さ》された。

赤！

お母さんのTシャツの背中には、うっすらと、赤い下着が透《す》けていた。

ウソだ。こんな色の下着、今までタンスのなかでも洗濯機《せんたくき》でもベランダの物干しでも見たことない。

ウソだウソだ、こんなの幻覚《げんかく》だ。

目をこすって、Tシャツをにらめばにらむほど、赤は色濃《いろこ》くなっていくように見えた。

どうしてスポーツクラブにそんな派手な色の下着をつけていくの？

もうダメだ、予感は絶対アタリだ。

お母さんはこれから誰《だれ》かと浮気《うわき》するんだ。

Tシャツの上にジャージを羽織ってお母さんが家を出ると、わたしは意味なく家のなかを歩き回った。

自分の家とは思えないくらい、何だかそわそわする。

今日はお父さんが仕事だから、お母さんがスポーツクラブに行く前に晩ごはんのコロッケを用意してくれている。

お皿のラップをはがし、一口かじる。

いつもと変わらない味なのに。これをつくったお母さんはいつの間にか変わってしまったのかな。

わたしはスマホに指をすべらせ、アドレス帳を開いた。

このことを誰かに相談できる？

朋香《ともか》ちゃんにも、クラスの誰にも言えない。

誰にも言えない気持ちはどうすればいい？

『どんな風景だってどんな気持ちだって短歌になるんだよ。』

ふいに、初めての吟行《ぎんこう》の日、公園で佐藤先輩《せんぱい》から言われた言葉が耳のそばで鳴った。

今のこんな気持ちだって歌になる？

学生鞄《かばん》のなかからタンカードを取り出した。

『メラメラの炎《ほのお》の色を巻きつける胸なんかもう燃えちゃえばいい』

お母さんのバカバカバカバカ！

紙を突《つ》き破《やぶ》るほどの筆圧で、カードいっぱいの大きさで書いた。

自分の字じゃないみたい。

書き終えると、怒《いか》りの炎が収まるように、何だか胸が少し楽になった。


「メラメラってマレーシア語？　どういう意味？」

翌日、図書室に現れた佐藤先輩は、タンカードをめくって、わたしにきいた。

「おもしろい響《ひび》きの言葉だね。」

「全然！　おもしろくないんです。もうやだよー。」

わたしは顔をぐしゃっとゆがませた。

佐藤先輩《せんぱい》に直接このことを相談するつもりはなかった。でも、もう短歌にしてしまっている。

「メラは、マレーシア語で『赤』です。」

わたしは、近くにほかの生徒がいないことを確認《かくにん》して、ぽつぽつと、昨日の出来事を話した。恥《は》ずかしくて、佐藤先輩と目を合わせられなかった。

「今日もきっとお母さんはスポーツクラブに行くと言って出かけます。きっと浮気相手《うわきあいて》と会うために……。気になるけど、ついていくわけにいかないし。」

佐藤先輩はしばらく黙《だま》り込《こ》んだ。

「すみません、いきなりこんな話して。」

沈黙《ちんもく》に耐《た》えきれずにわたしは謝《あやま》った。

やっぱりこんなことを打ち明けられて困ってるのかも。重すぎって思われたかもしれない。

「決めた！」

「え？」

「今日は吟行《ぎんこう》ナイトをしよう。」

佐藤先輩はにやっと笑った。

「吟行《ぎんこう》ナイト？」

「そう。その名のとおり夜の吟行。花岡さんのお母さんが今夜どこに行くか追うの。そうしたら、事実が分かってすっきりするでしょ？」

「それって尾行《びこう》じゃないですか。」

「あとを追いながら歌を詠《よ》めば、尾行じゃなくて吟行になるの。」

「むちゃくちゃですね……。」

「怖《こわ》いなら、やめとく？」

行くか、やめるか。

怖いけど……でも、本当のことを知らないでいるのは嫌《いや》だ。

本当のことを知りたい。

「行きます。」

「よし。じゃあ、タンカードは今日も花岡さんが持っていていいよ。」

「……。」

わたしは返されたタンカードをじっと見つめた。

「大丈夫《だいじょうぶ》だって。一人じゃないよ。」

「うわっ。」

いつもはわたしにふれない佐藤先輩《せんぱい》が肩《かた》を抱《だ》いたから、何だかときめいてしまった。


『お母さんの自転車ありました。』

その日の夕方、スポーツクラブの自転車置き場から佐藤先輩にメッセージを送った。

お母さんはいつも自転車でスポーツクラブに出かける。今日もいつもどおり出かけていったのを見届け、十五分ほど時間をおいて、わたしも自転車で家を出た。スポーツクラブに着くと、お母さんの自転車がちゃんと止まっていた。

ここに来ているのは間違《まちが》いない。

よかった、それはウソじゃなかった。

そんな当たり前のことにほっとした。

問題は、この後どこに行くか、だよ。

スマホが小さくふるえた。

佐藤先輩からのメッセージだった。

『あと十分くらいで到着《とうちゃく》するよ。』

二人でお母さんが出てくるのを見張って、あとを追う。

これは吟行《ぎんこう》だって自分に言い聞かせる。

お母さんを追うことが目的なわけじゃない。短歌を詠《よ》むのが目的だって。

佐藤先輩《せんぱい》が到着《とうちゃく》するまで、歌を一首詠めるかな。

今わたしが思っていることって何だろう。

それはやっぱりお母さんのこと。お母さんは一緒《いっしょ》に住んでいて、隠《かく》しごとなんて何も存在しないと思っていた。

でも、ちがったんだ……。

わたしはタンカードに書きつけた。

『同じ家暮らしているがクルアルガ秘密があるか追ってみようか』

クルアルガは『家族』。

当たり前のようにそこにいるのに、お母さんは別人の顔をして誰《だれ》かと恋《こい》をする……。

ああ、もうウソでしょ！

泣きたいような怒《おこ》りたいような。いても立ってもいられずダダダダダンと地面を踏《ふ》み鳴《な》らした。

「何やってんの。」

冷静な声にあわてて振《ふ》り向《む》くと、腕組《うでぐ》みをした佐藤先輩《せんぱい》がいた。

「本当に来てくれたんですね。」

「当たり前でしょ、吟行《ぎんこう》だもん。」

佐藤先輩は黒のセーターの上にジージャンを羽織って、クロスのネックレスをしている。

いつもの制服姿より、さらに大人っぽく見える。

わたしのほうは、半袖《はんそで》の上に薄手《うすで》のパーカで出てきてしまって、ちょっと寒いくらい。

マレーシアも夜は気温が下がるけれど、日本の秋の肌寒《はださむ》さには、芯《しん》みたいなものがある気がする。

ここでどのくらい待てばお母さんは現れるんだろう。

どこからか、コロロロロロと虫の声がする。

「マレーシアに帰りたいな。」

ふとつぶやいていた。

いや、場所の問題じゃない。

わたしは、あのころの花岡一家に戻《もど》りたいのかもしれない。

初めて行く国で、手探《てさぐ》りで生活を始めて、困ることもあったけど、すごく楽しかった。日本でおなじみの大型スーパーのチェーン店で日本食を買《か》い込《こ》んだり、家のなかに日本では見ないような特大の虫が現れたり、モノレールで間違《まちが》えて乗《の》り越《こ》したり、タクシーでぼったくられそうになったり、現地の日本人に口コミで人気の美容室に行くために車で遠出したり……。思い出はあげだしたらきりがない。

「でも、お母さんはちがったのかな。早く帰りたくて仕方なかったのかな。」

「赤い下着の話？」

「今まで、ユニクロのブラトップだったのに。あれはユニクロじゃ売ってない気がする。」

「ユニクロのブラトップ。」

佐藤先輩《せんぱい》は笑った。

「だからって、浮気《うわき》って決まったわけじゃないよ。」

「ほかに何の目的があってそんなことするのか分からないです。もし、先輩のお母さんがある日、真っ赤な下着だったらビビりませんか？」

「うーん、それは別に驚《おどろ》かないかな。わたしが驚くとしたら、母親がピアノの練習をサボったらかな。」

「お母さん、ピアノ習ってるんですか？」

「ピアノの先生だよ。自宅で教えたり、レストランとかで演奏したりしてる。ついでに父親は高校の音楽教師。言ってなかったっけ、わたし、音楽大学の付属中学校にいたの。」

「あれ？　御三家《ごさんけ》から転校してきたって……。」

わたしは全校朝礼のときに聞こえたひそひそ話を思い出していた。

佐藤先輩《せんぱい》は、かはっと笑って首を横に振《ふ》った。

「そんなのデマだよ。自分たちの見たい色になるように、どうにでも着色しちゃうんだから。」

「デマだったんですか……。」

てっきり御三家にいたから頭がいいのかと思っていた。

「あれ？　莉々子ちゃん？」

ビクッとしたのはわたしのほうだった。

「あー、望《のぞむ》さん！」

佐藤先輩が顔を輝《かがや》かせた相手は、大人の男の人だった。わたしのお父さんお母さんよりは少し若そう。髪《かみ》はふさふさでスウェット姿。大きな四角いフレームの眼鏡の奥《おく》の目が優《やさ》しげだ。

「どうしたんですか、こんなところで。」

「見れば分かるでしょ、トレーニングだよ。僕《ぼく》、このスポーツクラブの会員だからさ。」

「そうなんだ。もう仕事終わったの？」

「今日はうちの会社の創業記念日。いつもならまだ会社にいる時間だよ。莉々子ちゃんこそ。こんなところでどうしたの？」

望さん、がわたしのほうに視線をずらした。どんな表情をつくればいいか分からないわたしに、こんばんはと微笑《ほほえ》んでくれた。

「この子と吟行《ぎんこう》ナイト中なの。」

佐藤先輩《せんぱい》がにやりと笑った。

ちょっと佐藤先輩、大人相手に変なこと言ってどうするの。早く帰りなさいって言われるのがオチなんじゃないかな。

わたしは心のなかでツッコんだんだけど、

「ええ、何それ。楽しそう！　僕もやりたいよ。」

望さんは、遊園地に連れていってほしがる子どものようにうらやましがった。大人が中学生の前でこんな表情をすることに、わたしは拍子抜《ひょうしぬ》けした。

「あ、申《もう》し遅《おく》れました。莉々子ちゃんの歌会仲間の青木《あおき》です。」

青木望と名乗るその人は、あっけにとられたわたしに気がついたみたいだ。

「下の名前は望さん。わたしの参加してる歌会メンバーなの。」

「ウタカイ？」

それはわたしの知らない日本語だった。

「集まって短歌を披露《ひろう》する会のこと。いろんな世代の人がいるよ。大学生とか、イラストレーターの人とか、子どものいるお母さんとか、定年になったおじいちゃんとか。月に一回くらい集まるの。」

僕《ぼく》はただのサラリーマン、と望さんがつけ足した。

「莉々子ちゃんはそういえば最年少だね。しっかりしてるけど。」

「どこでそんな集まりがあるんですか？」

老若男女《ろうにゃくなんにょ》の集団が短歌を詠《よ》んでいる不思議な光景なんて、出くわしたことがない。

「近くにある喫茶店《きっさてん》だよ。」

「喫茶店って、カフェのことですよね？」

「カフェっていうより、昔ながらの喫茶店《きっさてん》っていう雰囲気《ふんいき》なの。床《ゆか》が絨毯《じゅうたん》で、革《かわ》のソファがある感じ。そこにピアノがあるんだけど、たまに母親がアルバイトで演奏してるんだ。去年、出番が終わったころに父親と迎《むか》えに行ったら、偶然《ぐうぜん》『歌会開催《かいさい》のお知らせ』っていう張り紙がレジの横にあって。誰《だれ》でも参加できるって書いてあったから、これだ！　って思って申《もう》し込《こ》んだの。」

「それが、僕《ぼく》の主催《しゅさい》してる歌会のお知らせ。」

「え、佐藤先輩《せんぱい》、一人でその集まりに飛び込んだんですか？」

「うん。結局、歌会に出合ったきっかけが親っていうのが何かダサくて残念だけど。」

「これもご縁《えん》だよ。どんな形でも出合えたんだからいいじゃない。」

そう微笑《ほほえ》む望さんは、さっきの遊園地に行きたがる子どものような表情ではなかった。遊んでいる子どもを見守る大人のようにあたたかい。

あれ。もしかして？

わたしは佐藤先輩と知り合った日のことを思い出す。

佐藤先輩には、わたしの前にも吟行《ぎんこう》のパートナーがいたと話していたけど、もしかしたら歌会で出会った誰かだったのかも。

まさか、望さん……?

じゃあ望さんと佐藤先輩《せんぱい》がカップルだったってこと……?

いや、まさか、そんなわけないか。いくら何でも、望さんは大人すぎる。

「それじゃあ、まあ、吟行《ぎんこう》ナイトもいいけど、かわいい女の子二人なんだから気をつけて。誘拐《ゆうかい》される短歌なんてシャレにならないからね。」

望さんは自転車にまたがった。

「望さんがいちばんかわいいのは、瞳《ひとみ》ちゃんでしょ?」

佐藤先輩の言葉に、でへっと笑うと、早く帰らなくちゃとペダルに足を乗せた。

「瞳ちゃんって?」

望さんの後ろ姿が小さくなってから、佐藤先輩にきいた。たぶん奥《おく》さんかなって思いながら。

「望さんの飼ってるネコ。」

「ネコ?」

「望さんは、歌会でネコの短歌ばっかり詠《よ》むの。たとえばね、『家で待つ猫の肉球思い出し深夜のオフィスでマウスをにぎる』とか。」

覚えちゃった、と佐藤先輩《せんぱい》は笑った。

「歌会ではね、最初に詠《よ》んだ人の名前を伏《ふ》せて、みんなでその歌についての感想を言い合うの。それから、作者を明かす。でも望さんはいつもネコの歌を詠むからすぐ分かっちゃうんだ。」

思い出し笑いをする佐藤先輩を見て、わたしは何だかちょっと複雑な気持ちになった。

「いろんな世代の人と友達みたいに話すなんて、何だかすごいですね。」

ちょっと、うらやましかった。

「それが楽しくて参加してるっていうのもある。わたし、クラスに友達いないから。」

さらっと出た言葉に、耳がぴくっと反応する。きくなら今だ。そんな気がした。

「あの、さっき、佐藤先輩は音楽大学の付属から転校してきたって言ってましたよね？理由とか、そのころのこと、きいてもいいですか？」

知りたかった。

転校生としての佐藤先輩の顔を知りたかった。

わたしみたいに周りの反応を気にしない。いつも堂々としている。

転校生という条件はわたしと同じなのに、どうしてなんだろう。

「逃《に》げたかったから。」

一瞬《いっしゅん》、聞《き》き間違《まちが》いかと思った。

それくらい、逃《に》げなんて、佐藤先輩《せんぱい》らしくない言葉だ。

「わたし、親の希望で三歳《さい》の誕生日からピアノを始めたの。でも音楽大学の付属中学校に入ったら、自分には全然才能がないことがよく分かったんだ。入学する前はここで一番になってやるなんて思ってたけど、実際は毎日が敗北感でいっぱいだったよ。その場所にい続けるのがつらくて公立に転校したんだよね。それからもしばらくは、自分は逃げたんだっていう負い目でいっぱいだった。」

敗北感。逃げ。負い目。

立て続けにそんな言葉をこぼす佐藤先輩は、わたしが知っている佐藤先輩じゃないみたいだ。

「でも、短歌に出合えた。楽器がなくても、ちゃんと心に音を鳴らしてくれる歌があるんだって知った。音楽じゃない、でもわたしはわたしの歌をつくろうと思った。わたしのやりたいことはこれなんだって、初めてパズルがはまるような感覚がしたの。それが、短歌がわたしにかけてくれた最初の魔法《まほう》。」

「最初の魔法《まほう》？　その次があるってことですか。」

「うん、さっき歌会の話したでしょ？　あそこに参加するまでは、友達のいない自分が苦しかった。わたしは別に一人でもいいんだって、強がることで耐《た》えてたけど、一人でいると、周りの目が気になって仕方なかったよ。」

「それ、わたしも一緒《いっしょ》です！　わたしは別に一人でもいいとは思えなくて、なじもうと必死なんですけど……。」

そう、いつも必死だ。

朋香ちゃんにくっついて、顔は笑っていても、こんなこと言ったら変じゃないかなっていつもおびえている。

教室にいるとき、素《す》の自分で話したことなんてあるのかな。

「歌会に行ったら、いろんな人に会えるの。教室だけがすべてじゃないって思える。わたしはそれに救われたの。」

そのときに詠《よ》んだ短歌があるんだけど、と佐藤先輩《せんぱい》は前置きして、

「『それぞれの午後二時四十三分に左の指で歌を唱える』」

「何ですか、その中途半端《ちゅうとはんぱ》な時間。」

そう言いながら、わたしは短歌の意味を想像した。

佐藤先輩《せんぱい》の短歌はどれもナゾナゾみたい。

「平日の二時半過ぎっていったら、わたしたちはどこで何してる？」

「……学校、ですよね。六時間目のまんなかくらい。」

「そういうこと！」

佐藤先輩はパチンと指を鳴らした。

「六時間目の授業中に、暇《ひま》だからタンカード開いてぼんやりしてたら、ふと思いうかんだの。たとえばさ、わたしがこうして教室の机にいるとき、望さんは仕事のお客さんのところに向かう電車に乗ってるかもしれないし、大学生はバイトしてるかもしれないし、イラストレーターの人はきっとまた新しいイラストを描《か》いてる。義務教育中の中学生はどうあがいたって中学生でしかいられないんだけど、大人になると人によって全然ちがう。そういうふうに、時間の過ごし方っていろいろなんだなって。でも、生活が全然ちがうのに、みんなが短歌でつながってるって、なんかすごいなって思うんだよね。平日の昼下がりに、日常の仕事や勉強を利《き》き手《て》でやってるけど、実はもう一つの手では短歌を指折って詠《よ》んでいる。これはそんなイメージでつくった短歌だよ。」

……何でだろう。その感覚、ちょっと分かる気がする。

日本に帰ってから、マレーシアが恋《こい》しいと思うとき、わたしはいつもマレーシアを想像していた。こうしている間にも、マレーシアでも日常がちゃんと回っていると思うと、何だか少し楽になった。

たとえば同じコンドミニアムに住んでいたマレーシア人の女の子。屋台でドリアンを切り分けて売っていたおじちゃん。

きっと、それぞれの毎日をちゃんと今日も送っている。

もしかしたら、佐藤先輩《せんぱい》が言っているのは、それと似たことなのかもしれない。

「望さんたちに学校の人間関係を相談したわけじゃないんだけどね。たとえ今の教室でたまたま毎日一緒《いっしょ》に過ごすことになった同い年の人とうまくいかなくても、それがわたしのすべてじゃない、落《お》ち込《こ》むことないんだって思えたの。歌会がわたしの居場所になってくれてるんだ。そう思えてから強くなれた気がする。それが次の魔法《まほう》かな。」

ああ、そっか。

佐藤先輩がいつでもどこでも堂々としていられる、その理由はそんなところにあったのか。

カラフルな絵の具が画用紙からはみ出るように、教室の外に広がっている佐藤先輩の交友関係を初めて知った。

「いろんな人と知り合いで、何か、佐藤先輩《せんぱい》すごいです。わたしだったら、そんな短歌の集まりを見つけても、そこに一人で飛《と》び込《こ》むような勇気ないから。」

「だって親を見返したいんだもん。」

佐藤先輩はきゅっと表情を引《ひ》き締《し》めた。

「わたし、短歌で親を見返したい。音楽じゃなくても、わたしはわたしの歌でちゃんと一人前になれるんだって証明したいの。将来は歌人になりたい。」

「歌人になるって、どうすればなれるんですか?」

「短歌の雑誌が募《ぼ》集《しゅう》してる新人賞を取る、とか。」

新人賞だなんて、わたしの日常にはない言葉だったから、今ひとつピンと来なかった。

マレーシア語でもなんていうのか分からない。

それでも佐藤先輩なら取れる。理由なんてないけど、確かにそう思った。

「そうしたら周りからも認めてもらえるでしょ。」

早く一人前になりたい、佐藤先輩はつぶやいた。

がやがやと数人のグループがスポーツクラブの自動ドアから出てきた。

はっとした。もしかして。

そうだった、今日の吟行《ぎんこう》ナイトの目的を忘れるところだった。

女性が三人に、男性が二人。

そのなかの一人は、

「お母さんです。」

わたしは佐藤先輩《せんぱい》のジージャンの裾《すそ》をぎゅっとつかんでいた。

お母さんたちは何か楽しそうに話しながら駅のほうに向かった。五人はみんな同じくらいの世代だ。

お母さんは、自転車は置いていくらしい。

「追うよ。」

しばらく息をひそめていた佐藤先輩が短く言い、わたしの腕《うで》を引いて歩きだした。

お母さんは時おり背中をそらしたり手をたたいたりして笑っている。そんな姿を見るのは初めてで、まるで知らない人みたいだ。

あのなかの一人が、お母さんの恋《こい》の相手なのかな。

「あ、お寿司屋《すしや》さんに入った。」

「お寿司《すし》ぃ？」

わたしは素《す》っ頓狂《とんきょう》な声を出した。

だってお寿司って……。

お母さんたちはお店ののれんをくぐり、なかに消えていく。

「よりによって、お寿司……。」

お母さんたちが入っていったのは、立派な門構えの、回らないお寿司の店だった。

これはひどいよ、お母さん。

お父さんを思った。お母さんが好きで好きで、仕事を辞《や》めて寿司職人になったお父さんが、滑稽《こっけい》でかわいそうだった。

「どうする？　また待つ？」

佐藤先輩《せんぱい》の言葉に、わたしはうーんとうなった。

グループでこのお店に入ったから、きっとここで数時間食事をする。そのまま家に帰ってくれれば、今日は浮気《うわき》はできない。

赤い下着の出番は、たぶん、ない。

わたしはふと思い出す。

先月、大型スーパーでお母さんと二人で買い物をしていたとき、衣料品コーナーでお母さんが何気なく立ち止まった。

「沙弥、そろそろ新しい下着買ってあげようか。」

お母さんは、ジュニア用のブラを手に取っていた。

「しめつけないやつがいいよねえ。」

白いコットン生地《きじ》のブラは、お母さんが手を動かすたびにふにゃふにゃと形を変える。ワイヤーもホックもないタイプのそのブラは、今わたしの小さな胸を覆《おお》っている。

急に自分が子どもじみているような気持ちになった。

「帰ろう、かな。」

佐藤先輩《せんぱい》をこうやってずっと付き合わせるのは悪いし、と思っていたら、お寿司屋《すしや》の戸がガラリと開いた。

「あれ？　お母さん。」

お母さんが一人で店から出てきた。

わたしたちはあわてて脇道《わきみち》に隠《かく》れる。

「一人だけ、先に帰るみたいだね。」

「そうですね。何でだろう。」

お寿司屋《すしや》にはさっき入ったばっかりだ。まだ食事はしていないはずなのに。

「もしや、これから男の人も店から出てくるんじゃや……？」

みんなで食事をしているなか、男の人が女の人と二人で抜《ぬ》け出《だ》す、なんてドラマを見たことがある。

………。

「誰《だれ》も出てこないね。花岡さんのお母さん、本当に一人で帰るみたい。」

「ですね。」

「ともかく、今日のところは浮気《うわき》の心配はないみたいだね。」

佐藤先輩《せんぱい》がわたしの顔色を確かめるように視線を向けた。

「はい。すっきりはしないけど、安心しました。付き合ってもらってありがとうございました。」

佐藤先輩とはそこで別れた。

お母さんはスポーツクラブのほうに戻《もど》っていく。きっと自転車を取りに行くんだ。

わたしはお母さんに追いつかないように、ゆっくり時間をかけて、スポーツクラブに戻《もど》った。

「沙弥。」

スポーツクラブの明かりのない駐輪場《ちゅうりんじょう》で名前を呼ばれたときはびっくりした。

「お母さん！　何でここにいるの。」

とっくに帰ったと思ったのに。

「それはこっちのセリフでしょ。あんたの自転車が駐輪場にあったから驚《おどろ》いてちょっとここで待ってたの。現れるかなと思って。」

「ああ、そっか……。」

ここに自転車があったら、そりゃバレるよね。

「どうして来たの？　晩ご飯は食べた？」

「……赤。」

わたしのつぶやきに、お母さんは首を傾《かし》げる。

これだけじゃピンと来ないみたいだ。

「昨日、お母さんが赤い下着をつけてたから。浮気《うわき》してるんだと思った。」

「赤い下着？　何言ってるの、そんなの持ってないよ。」

「ウソ！　昨日つけてた。」

ここまで来て、ごまかされたくない。

「昨日？　……ああ、あれね！」

お母さんは笑いだした。

「やっぱり持ってるんじゃん！」

「バカだね、沙弥。あれは衣装《いしょう》だよ。」

「衣装？」

「そう。私ね、このクラスに入ってるの。」

お母さんはリュックからクリーム色の紙を取り出した。

あたりが暗くてよく見えない。

わたしはスマホのライトで紙を照らした。

「レッスンタイムスケジュール……？」

「木曜の夜七時を見てみて。」

「『レッツベリーダンス！　初心者のあなたでも大丈夫《だいじょうぶ》。華麗《かれい》に踊《おど》ってスタイルアップ

☆』……。ベリーダンスぅっ？」

「そういうこと。まずは形から入ろうと思ってね。先月から習い始めたばっかりだけど、衣装《いしょう》をインターネットで買ったわけ。それで、晴《は》れ舞台《ぶたい》用のメイクも研究したりして。さすがにね、恥《は》ずかしくて言えなかったのよ。アラフォーの母親が派手な衣装で踊り始めたなんて言ったら、中学生の息子《むすこ》と娘《むすめ》はヘタしたら蒸発よね。」

「ふわっ……。」

言葉にならない思いがこぼれた。

「そ、そんなふうに隠《かく》すから、勘違《かんちが》いしちゃったじゃん！」

そうだったんだ……。わたしは力が抜《ぬ》けた。

「よかった……。今日のあのメンバーのなかに、お母さんの浮気相手《うわきあいて》がいるんじゃなかったんだ……。」

「あはは、浮気？ やだなあ。それを疑ってわざわざ追ってきたの？ 今日のメンバーは本当に気の合う人たちだけどさ、そんなんじゃない。」

「でも、どうしてすぐにお店から出てきちゃったの？」

「高級なお寿司屋《すしや》さんでね、一貫《かん》食べたらおいしいの。びっくりするほどおいしいのよ。

仕入れるネタがきっとちがうのね。シャリも絶妙《ぜつみょう》な握《にぎ》りかげんでね。完璧《かんぺき》だったわ。そうしたらね、早く帰らなきゃって思ったの。」

「へ？　何で？」

「私が食べたいのは、高級なお寿司《すし》じゃない。私のために人生まるごと懸《か》けてお寿司を握る人生を選んだあの人のお寿司なの。そういうふうに思えば、マレーシアに行くことになったのだって、もともとは私が招いたことなのよね。」

「お母さんはマレーシア行きたくなかった？」

「正直言うとね。」

お母さんはいたずらが見つかった子どものように笑った。

「向こうに知り合いもいないし、あんたたちを守らないといけないと思ったし、不安だったよ。好きで六年も続けてきた総菜屋のパートもやめないといけなかったし。振《ふ》り回《まわ》されてムカついた。」

わたしは不思議な気持ちでお母さんを見ていた。

お母さんはいつもわたしたち兄妹《きょうだい》をなだめていた。裏側で、自分の気持ちを整理していたなんて想像したことがなかった。

「家族なんだからしゃーないって腹をくったんだよね。」

お母さんは自分のその言葉にうなずくと、帰ろう、と自転車に鍵《かぎ》を挿《さ》した。

そういえば、歌を一首しか詠《よ》んでいなかった。

お母さんの後ろについて自転車を走らせる帰り道、わたしは一首生んでつぶやいた。

「『クルアルガだからしゃーない　戸惑《とまど》いをくるんで歩くガツガツガツと』」


家に帰ると、スマホのメッセージに事情を書いて、佐藤先輩《せんぱい》に送った。

翌週、廊下《ろうか》ですれちがったときにタンカードを渡《わた》すと、しばらくして佐藤先輩から返ってきたのは、こんな歌。

『真夜中の追いかけっこはオニの負け　四本の角《つの》ぽろんと抜《ぬ》ける』

四本の角？

わたしのイメージする鬼《おに》の角は二本。っていうことは二人分……？

あっ、そういうことか。佐藤先輩とわたしから角が抜け落ちるところを想像してちょっと笑った。

5 リマ

タンカードNo.1

十一月に入ると、ホームルームの時間で席替《せきが》えをした。

翌日、新しいメンバーでの初めての給食。近くの四人組で机をくっつけるのだけど、わたしの向かいはぽっかり空いている。

そう、藤枝《ふじえだ》。

また同じ給食班。しかも今度は授業中には隣《となり》の席だ。

わたしは無人の机をこちら側に向けようとした。

「藤枝はどっか行っちゃったよ。どうせ給食食べないよ。」

「でも、いちおう。戻《もど》ってくるかもしれないし。」

同じ班になった女の子のあきらめたような言葉に、わたしは笑顔《えがお》をつくって答えた。

「何、おまえ藤枝が好きなの？」

ギャハハとオカモトくんがこちらに振《ふ》り返《かえ》ってヤジを飛ばした。

もう。オカモトくんは隣《となり》の給食班なんだから、いちいちちょっかい出さないでほしい。

あーやだやだ。たかが席をくっつけたくらいで。どうして男子って精神年齢《せいしんねんれい》低いんだろう。……まあ図星なんだけど。

「ちがうよ、うるさい。」

オカモトくんの言葉を振《ふ》り払《はら》って、藤枝の机の両端《りょうはし》をつかんで持ち上げたとき、机のなかからポトッと何かが床《ゆか》に落ちた。

それを拾って、わたしは固まった。

どうして、これが藤枝の机に？　とっさに、わたしは拾ったものを自分のスカートのポケットに入れた。

わたしは今日の給食の味が分からないくらい動揺《どうよう》していた。だって、それはタンカードNo.1だったから。

「失礼！」

抜《ぬ》き打《う》ち捜査《そうさ》をする女性警察官のように、今日も佐藤先輩《さとうせんぱい》は教室に現れた。

「あれ？　席替《せきが》えしたんだね。こいつの席教えて。」

佐藤先輩《せんぱい》に見せられた紙に書かれていた名前は、藤枝港《こう》。心臓が跳《は》ね上《あ》がる。

「えっと、ここです。」

「へえ、隣《となり》になったんだ。」

「あ、はい……。あの、この人、給食の時間はいつもいなくて……。」

「知ってる。」

えーっと、と次に配る人の席を探している佐藤先輩に、わたしは教卓《きょうたく》の上に新しい座席表があることを伝えた。

督促状《とくそくじょう》を置くと、佐藤先輩はいつものように次のクラスに向かった。

佐藤先輩と藤枝は、もともと知り合いだったのかな。

わたしはスカートのポケットのなかの二つのタンカードにふれる。

あ、とわたしは初めて佐藤先輩と出会った日を思い出した。

『ヒミツ。』

わたしが今まで誰《だれ》かと吟行《ぎんこう》をしていたのかときいたとき、佐藤先輩はそう言ってはぐらかした。

『その人といると、どんなことでも詠《よ》みたくなった。朝歩いてるときに落っこちてる空《あ》き缶《かん》とか、骨が一本壊《こわ》れてる折りたたみ傘《がさ》とか、そんなものでも……。』

吟行《ぎんこう》ナイトのとき、その相手はきっと歌会にいる誰《だれ》かだと思ったけれど、そうじゃないのかもしれない。

まさか藤枝と……？

まさか、まさか、まさか、だよね。

「何だ、藤枝。教科書忘れたのか。花岡《はなおか》に見せてもらえ。」

タンカードのことで頭がいっぱいのまま始まった五時間目の理科の時間。

藤枝が教科書を持っていないことに気がついた先生が、わたしたちに言った。

「ミシテクダサイ。」

藤枝はロボットのような発音だった。こちらもロボットのようなぎこちなさで、机をゴトリと動かしてくっつけた。

こうすると、わたしの左腕《ひだりうで》の時計が藤枝に近づく。ブレザーに隠《かく》れているけど。

ふいに、シャーペンを動かしていた藤枝の右腕が、わたしの左の肘《ひじ》に当たった。

わわ、と思う。急に時間が濃《こ》くなったような感覚。

「あ、ごめ。」

ぶつかったのはわたしじゃないけど、とっさに言葉が口をついて出た。

「ん。」

藤枝が喉《のど》の奥《おく》で答えた、ような気がする。

どうしよう。タンカードがなくなったことにいつ気がつくかな。気づかれる前に、机のなかにそっと戻《もど》しておきたいけど……。

でも、その前に見てみたい。

藤枝が佐藤先輩《せんぱい》の吟行《ぎんこう》の相手だったとしたら。

藤枝も歌を詠《よ》んでいるかもしれない。想像もできないけど、どんな短歌を詠むんだろう。


待ち合わせの図書室に佐藤先輩がいないことを確かめると、わたしはポケットからタンカード№.1を取り出した。

表紙をめくって最初のカードを見ると、その筆跡《ひっせき》は佐藤先輩のものだった。

『白と黒しか押《お》したことない指が行き先ボタンをためらっている』

どういう意味だろう。

『白と黒しか押《お》したことない指』って？　ふつうに生活していたら、白と黒しか押すことがないなんてありえない。

ふつうに生活していたら。

ん？

佐藤先輩《せんぱい》の生活は「ふつう」？

あ。わたしは気づく。

三歳《さい》の誕生日からピアノを始めたという佐藤先輩。音楽に熱心な親のもとでずっとピアノ漬《づ》けの日々だった。

白と黒は……ピアノの鍵盤《けんばん》だ。

音楽専門の中学からこの公立に転入してきた佐藤先輩。これからどう進めばいいのか迷っていたときの歌なのかもしれない。

いつも迷いのない手つきで督促状《とくそくじょう》をつきつける、そんな佐藤先輩も悩《なや》んでいたときがあるのかもしれない。

初めて詠《よ》んだ短歌にその思いを託《たく》したのかもしれない。

わたしはパラパラとカードをめくり、途中《とちゅう》で気になる言葉を見つけて手を止めた。

『新しい人さし指の使い道　秒針にして君を起こそう』

人さし指の使い道？　秒針にする？

また意味が分からない。佐藤先輩《せんぱい》が詠《よ》む短歌って、このころからナゾナゾみたいなのばっかりだ。

ピアノの鍵盤《けんばん》とちがって、考えを巡《めぐ》らせてみても今度はなかなか答えにたどり着かない。あきらめてそのカードをめくって次の短歌を見ようとした。

そして驚《おどろ》く。

絵。

短歌の書かれたカードをめくると、その裏には絵が描《えが》かれている。それ以前のカードの裏側は白紙だったのに。

長い髪《かみ》の女の子がインターホンに指を伸《の》ばしている後ろ姿。

これって……？

鉛筆《えんぴつ》で描《か》かれたその絵は、肩《かた》の動きも自然で上手だった。この後ろ姿は……佐藤先輩？だとしたら、この絵を描いたのは……。

わたしはもう一枚カードをめくった。

『つないでる手に目をつむる朝八時　商店街のシャッターたちは』

裏側にはまた絵があるかなと思ってめくり、わたしは息をのんだ。

そこに描《えが》かれていたのは、つないだ手だった。

ほっそりした手首の手と、節の目立つ指を持つ手。それぞれの手は女の子と男の子だと分かる。

「お待たせ。」

後ろから声がかかる。わたしはタンカードをまたポケットにしまった。

「今日はどこ行こうか。」

「あの……その前にききたいことがあって。」

佐藤先輩《せんぱい》は首を傾《かし》げた。

「佐藤先輩は藤枝、くんと知り合いなんですか？」

「………」

佐藤先輩はすぐには口を開かなかった。こちらの真意をさぐるようにまっすぐな目でわたしを見た。

「いや、えっと……給食の時間に教室にいないこと知ってたから、知り合いなのかなーとか思って。」

口がすべっても、タンカードのことは言えない。

「去年ね、わたしたちは生活委員だったの。」

「生活委員？」

全然脈絡《みゃくらく》のない言葉に、わたしは肩透《かたす》かしを食らった。

「うちの学校、年に二回、春と秋に登校指導週間っていうのがあるの。九月にもあったの覚えてない？」

「そういえば、通学路に先生と一緒《いっしょ》に生徒が立ってたような……。」

「そう、それ。しゃべりながら横に広がって歩いてたり、制服を着くずしてる人を注意するのが仕事。なのに、港はいつも遅刻《ちこく》してきて登校指導の仕事に間に合わなかったの。」

港。

藤枝がそう呼ばれたことにもどきっとする。

小学生のころの遅刻の癖《くせ》は中学生になってもそのままだったらしい。

「ほっとけなくて、とうとう家まで迎《むか》えに行ったんだよね。まだあのころは時計屋がつぶれてなくて、そこの息子《むすこ》だってことは知ってたから。それから、なりゆきで登校指導週間が終わっても、毎朝迎《むか》えに行って一緒《いっしょ》に登校してた。」

インターホンを押《お》した女の子の絵。あれはやっぱり佐藤先輩《せんぱい》の後ろ姿だったんだ。

きっと描《か》いたのは藤枝。短歌を詠《よ》む代わりに、彼《かれ》は絵を描いたんだ。

じゃあ、つないだ手の絵は。あの細い手首は。

胸が苦しい。

わたしが海外にいる間、いつも心のどこかで考えていた男子は、日本で女の子と手をつないでいた。わたしはそんなことも知らずに、その女の子と喜んで吟行《ぎんこう》をしていたなんて。

何だかバカみたいだ。

わたしは無意識に左手首の腕時計《うでどけい》をさわっていた。

時間はいつもちっとも思いどおりに進んでくれない。

何が「一万七千五百二十回転」だ。

実際は親の都合でさらに半年も多く海外にいることになった。

がんばれと書いてくれた本人は、その間に恋《こい》をしていた。

日本に戻《もど》ってきて初めて心を許せた同性の先輩《せんぱい》はその恋《こい》の相手だった。

「どうして急にあの子の話するの？」

「えっと、今日、藤枝がすごく陰口《かげぐち》たたかれてて……。」

タンカード№1を拾ったからだと言わないのは、わたしのズルさだ。

今日、五時間目の予鈴《よれい》と同時に教室に戻ってきた藤枝には、わざと彼《かれ》に聞こえるように
しゃべっているとしか思えない言葉が投げつけられた。

「ビンボーで給食費が払《はら》えないから、給食食えないんじゃねーの？」

「店がつぶれてカワイソー。」

「教室の外でモヤシでも食ってるんじゃね？」

男子のバカでかい声が響《ひび》いていた。

「佐藤先輩は、藤枝が教室で給食を食べない理由、知ってたりしませんか？」

できるだけ、意地悪に聞こえないようにきいてみた。

「……知らない。」

そう答えた佐藤先輩はいつになく伏《ふ》し目《め》だった。

佐藤先輩は何かを隠《かく》している、そんな気がした。

でも、と佐藤先輩《せんぱい》は語気を強めた。

「少なくとも、そのバカな男子たちが言ってるような理由じゃないから！　今度そんなこと言ってたらぶっ飛ばす。」

好きな人を守ろうとしているんだ。

二年半片思いを続けていたって、その人が攻撃《こうげき》されているときにかばおうともしなかった。男子に言い返そうともしなかったわたしは、その時点で佐藤先輩に負けている。

「さっ。早く吟行《ぎんこう》に行こう。最近すぐ暗くなっちゃうから。今何時？」

「えっと今……。」

わたしは腕時計《うでどけい》を見て、はっとした。

ウソ、こんなタイミングで？

フジエダ時計店で買ってから動き続けていた針が止まっていた。


タンカード№1は結局、まだわたしの手のなかにある。

家に帰って、最後に書かれた歌の意味を考えている。

『君が断《た》つトンカツしゃぶしゃぶ生姜焼《しょうがや》き　わたしも一緒《いっしょ》にさよならするよ』

どういう意味だろう。

そのカードの裏には絵が描《えが》かれていない。

ということは。この短歌を佐藤先輩《せんぱい》が詠《よ》んで藤枝に渡《わた》したのが、最後のやり取りってことになる。藤枝はもう絵を描《か》かずに、これを机のなかにしまっておいたっていうことだろう。

上《かみ》の句がよく分からない。『君が断《た》つトンカツしゃぶしゃぶ生姜焼《しょうがや》き』？

『君』が藤枝のことだとしたら。太ってもいないけどダイエットでもしてたのかな？

じゃあ『わたしも一緒《いっしょ》にさよなら』って？

何にしても、これ以降タンカードは白紙だ。二人はこの歌で『さよなら』になってしまったみたいだ。


「そういえば、今日スーパーで時計屋の藤枝くんを見たよ。」

テレビを見ながら晩ごはんを食べているときに、お母さんがふと言った。

「え？　藤枝？」

今日は偶然《ぐうぜん》にも生姜焼きだった。

「夕飯の買い物してたみたい。」

「ふーん。」

藤枝、スーパーで買い物なんてするんだ。ちょっと意外。いつも地上から三センチういて生活しているような藤枝が、食事のための材料の調達という現実的な行動をしているのが、何だかちぐはぐな気がした。

「新しいお母さんの手助けしてたみたいね。」

「新しいお母さんっ⁉」

うるせーよ、とお兄ちゃんが見ていたテレビの音量を上げた。

「あ、まだ見たことない？　若い外国人。」

「外国人⁉」

だからうるせーんだよ！　とすごむお兄ちゃんなんかまったく気にならない。

「藤枝に外国人のお母さん……。」

意外すぎてドッキリ番組みたいだ。あの昭和ただよう雰囲気《ふんいき》の時計屋をしていたおじさんが国際結婚《こくさいけっこん》をするなんて。

「どうしてお母さんだって分かったの？　きいてみたの？」

「ううん。雰囲気《ふんいき》で親子だなって思ったのよ。それに、親子でもなければ一緒《いっしょ》にスーパーで買い物なんかしないでしょう。」

「何人《なにじん》なの？」

「分からないけど、私が思うにもしかしたら、」

プルルルル、と家の電話が鳴った。

最近はみんな携帯《けいたい》でやり取りをしているから、家電が鳴るなんてめずらしい。

誰《だれ》かしら、とお母さんが席を立つ。

「あら、藤枝くんのお父さん！」

受話器を取り上げたお母さんの第一声に、喉《のど》をつまらせるところだった。

どうして藤枝家からうちに電話がかかってくるの？

「ああ、はい。そうです、マレーシア。ええ。」

相槌《あいづち》のなかで唯一《ゆいいつ》意味を持っていたのがマレーシアだ。

「ああ、やっぱり。マレーシアの方なんですね。トゥドゥンを被《かぶ》っていたから、そうかなと思ったんですけど。ええ、何かあったらもちろん。役に立てるかは分かりませんけど。いつでも言ってください。」

状況《じょうきょう》が分かってきた。

その後も電話は数分続いた。聞き耳を立てていたけど、相槌《あいづち》ばかりで内容は分からなかった。お母さんが電話を切るなり、わたしはお母さんのスウェットの裾《すそ》を引っ張っていた。

「藤枝のお母さんは、マレーシアの人……？」

「ブトゥル！」

お母さんの短い返事は、マレーシア語の『正解』だった。

「藤枝くんのお父さん、学校の緊急連絡網《きんきゅうれんらくもう》を見て電話してきたんだって。この夏休みに結《けっ》婚《こん》して一緒《いっしょ》に住み始めたんだけど、奥《おく》さんはまだ分からないことが多いから、もし困ったことがあったら助けてもらいたいって。」

「……ウソ。」

こんなことってあるのかな。

マレーシアから帰ってきたら、藤枝のお母さんがマレーシアの人になっていたなんて。

「お父さんの回転寿司《かいてんずし》のお店の近くに、何年か前にハラルのラーメン屋さんができたでしょう。そこで働いているスタッフみたいよ。」

「…………」

「最近、ハラルのお店、少しずつ増えてきてるよねえ。東京オリンピックに向けて、いろんな国から観光客が来るだろうから、どんどん増えるんじゃないかしらね。イスラム教徒の人たちにとって、安心して食べられるハラルフードは、毎日の必需品《ひつじゅひん》よねえ。」

もはや、何を言えばいいのか分からない。予想外で動揺《どうよう》する。

藤枝の新しいお母さん。マレーシア人。ハラルのラーメン屋。

「何、固まってんだよ。おまえ食わないなら、もらうぞ、生姜焼《しょうがや》き。」

お兄ちゃんの箸《はし》がわたしの皿に伸《の》びる。

藤枝の新しいお母さん。マレーシア人。ハラルのラーメン屋。生姜焼き。

生姜焼き?

お兄ちゃんがペロッと一枚の豚肉《ぶたにく》を取った瞬間《しゅんかん》、

「ああ!」

わたしは立ち上がって声を上げた。

「何だよ、いいじゃん一枚くらい。そんなに大声出すなよ。」

ビビったお兄ちゃんが口をとがらせる。

ちがう、そんなことじゃない。

わたしは自分の部屋にかけてあった制服のポケットに手を突《つ》っ込《こ》んだ。タンカードNo.1を出してパラパラめくる。

『君が断《た》つトンカツしゃぶしゃぶ生姜焼《しょうがや》き　わたしも一緒《いっしょ》にさよならするよ』

分かった。この歌の意味が、読めた。

藤枝は、イスラム教徒になったんだ。

藤枝の新しいお母さんがトゥドゥンを被《かぶ》っていたということは、イスラム教徒だ。イスラム教徒は原則として、イスラム教徒としか結婚《けっこん》できない。

きっと、藤枝のお父さんは結婚するためにイスラム教徒になったんじゃないかな。そうしたら、息子《むすこ》の藤枝だってイスラム教徒になることになるだろう。

イスラム教徒になれば、暮らしのなかでいろいろなルールを守らなくてはならなくなる。

男子であればトゥドゥンを被る必要はないけれど、一日五回のお祈《いの》りであったり、食事だったり。

そう、豚肉《ぶたにく》が食べられない。

トンカツもしゃぶしゃぶも生姜焼《しょうがや》きも、全部豚肉《ぶたにく》の料理だ。

この短歌は、藤枝がイスラム教徒になったことを知って、詠《よ》んだ歌だ。

するするとひもがほどけるように、次にわたしはすとんともう一つの答えにたどり着いた。

藤枝が給食の時間になるといなくなる理由。

「給食が食べられない……？」

イスラム教では、豚肉だけでなくアルコールも禁じられている。給食は豚肉料理だけでなく料理酒が入っているかどうかも気にしないといけない。

わたしはフラフラとリビングに戻《もど》って冷蔵庫に貼《は》ってある献立表《こんだてひょう》の文字をなめるように読んだ。

豚、豚、こっちにも豚。

いろんな料理に豚肉が入っている。

肉団子や麻婆豆腐《マーボーどうふ》みたいに、一見、メニューに「豚」と書かれていなくても。食品名のところを見ると、豚肉や豚のひき肉が入っていた。

それに、きっと調味料には料理酒も使われてるんじゃないかな。

きっちりとイスラム教の教えを守ろうとするなら、きっと毎日お弁当を持参しないといけなくなる。

中二の夏休み明けからいきなりお弁当を持参するようになったら、みんなから理由をきかれるに決まってる。

藤枝は、きっとそれを避《さ》けたんだ。

だから二学期最初の給食の時間、外に行きたいと申し出たんだ。

あのとき小宮山《こみやま》先生がやけに優《やさ》しい口調で、藤枝を教室の外に連れ出したことにも納得《なっとく》がいった。

だって、デリケートなことだもん。きっと、いきなりイスラム教徒になった藤枝の気持ちを考えてのことだったんだろうな。

クラスのみんなに「イスラム教徒になったんだ。」と言えるかといえば……わたしだったら無理だ。

みんなから、からかわれたりいぶかしがられたりする光景が目にうかぶ。

だってここは日本。イスラム教徒の知り合いなんて、いない人のほうがきっとずっと多い。

それに、わたしたちは中学生だもん。あの四角い教室の空気が世界のすべてなんだ。

仲間外れにされたら、たまらない。それは、藤枝だってきっと同じ。

その夜は、よく眠《ねむ》れなかった。

わたしは本当にバカだ。自意識過剰《じいしきかじょう》。自分のことしか考えていなかった。

藤枝が給食のとき教室からいなくなるのは、わたしを避《さ》けるためかもしれないと思《おも》い込《こ》んだ。

藤枝はもっともっと大事な問題を抱《かか》えていたのに。

明日、どんな顔をして藤枝に会えばいいのか分からなかった。藤枝は、お父さんがわたしの家に電話してきたことを知ってるのかな。

布団《ふとん》のなかで寝返《ねがえ》りを打つと、今度は佐藤先輩《せんぱい》の短歌を思い出した。

『わたしも一緒《いっしょ》にさよならするよ』

この下《しも》の句はどういう意味だろう。

この歌を受け取ってから、佐藤先輩を避けるように朝早く学校に行くようになったんだとしたら。

翌朝、わたしが登校すると、藤枝はやっぱりもう隣《となり》の席に座《すわ》っていた。

わたしは藤枝に小声で話しかけた。

「あのさ、昨日うちに……。」

「昨日?」

藤枝はきょとんとしている。藤枝のお父さんがかけた電話のことは知らないみたいだ。

「やっぱりいいや。ごめん、何でもない。」

このまま何も知らないふりをしていよう。わたしは笑顔《えがお》をつくって首を横に振《ふ》った。

「藤枝ー、おまえんち、イスラム教なの?」

嘲笑《ちょうしょう》と好奇心《こうきしん》を混ぜた言葉のボールが、窓ガラスを割るように藤枝の後頭部に飛んできた。

「………」

藤枝はゆっくりと振り向いた。

「さっき、事務室にイスラム教のベール被《かぶ》った女が来てたぞ。『二年C組の藤枝が弁当忘れたから、持ってきました。』って。」

教室の後方にあるロッカーのあたりでたむろしている男子たちは、嫌《いや》な感じの笑みをうかべていた。

「おまえ、食欲ないとかウソついて、隠《かく》れて学校のどっかで弁当食ってたのかよ。」

「………」

藤枝は何も答えない。

「ちょっと……。」

わたしは吐息《といき》ほどの声をもらした。

「おまえんちって、何かこえーな。」

ちょっとその言い方はないんじゃないの？

あいつらは、イスラム教徒を何だかすごく色眼鏡で見ている。

マレーシアで出会ったたくさんの顔が思いうかぶ。

同じコンドミニアムに暮らしていたマレーシア人家族。

お父さんの回転寿司屋《かいてんずしや》で働いていたスタッフたち。

怖《こわ》くなんかない。

でも、ここでみんなの前で声を上げて否定することがわたしにはできない。

そして、不思議系で独自の立ち位置にいる藤枝には、身をていして彼《かれ》をかばうような仲間はいない。

わたしはぎゅっとこぶしを握《にぎ》った。

佐藤先輩《せんぱい》。心のなかで助けを求める。佐藤先輩だったら、こんないいかげんなことを言うやつらにきっとビシッと怒《おこ》れるのに。でも今日は、木曜日じゃない。

藤枝は鞄《かばん》をつかみ、表情一つ崩《くず》さないまま教室を出た。あまりにポーカーフェイスだったから、ちょっとトイレにでも行っただけなのかとさえ思った。でも、その日藤枝は教室に戻《もど》ってこなかった。

その日を境に、藤枝は学校に現れなくなった。


「佐藤先輩、ごめんなさい。」

藤枝が来なくなって最初の木曜日の放課後。いつもどおり図書室で待ち合わせていた佐藤先輩にわたしはタンカードNo.1を返した。

「どうして花岡さんがこれを持ってるの？」

「藤枝の机のなかに入ってたんです。給食の時間に机を動かしたら、これが落っこちてきて……。」

「読んだ？」

わたしはうなずいた。

「佐藤先輩《せんぱい》は、藤枝の家のことも、給食の時間に教室にいない理由も知ってたんですね。」

「最初に打ち明けられたのは、夏休み中だった。一緒《いっしょ》に映画を観《み》に行ったんだけど、その帰り道にいきなり、ファミレスでトンカツが食べたいって言いだしたんだよね。そこで、もうすぐイスラム教徒になるからこれで食べ収めだって。」

「『君が断《た》つトンカツしゃぶしゃぶ生姜焼《しょうがや》き　わたしも一緒にさよならするよ』ですね。」

「そう。」

佐藤先輩は少し恥《は》ずかしそうに自分の髪《かみ》の毛《け》にふれた。

「あの歌は、港へのメッセージだったの。もし、港が好物を我慢《がまん》してるんだったら、わたしだってそれに付き合うよっていう意味。港がトンカツを食べてる間にこの歌を詠《よ》んで夕ンカードを渡《わた》したの。家に帰ったら読んでって言って。でも、九月の始業式の日、いつもみたいに迎《むか》えに行ったら、港はもう学校に行ったあとだったの。港のお父さんが『せっかく来てくれたのにごめんね。』って。その隣《となり》にマレーシア人のお母さんもいた。港とはそれっきり。もう連絡《れんらく》もなかった。」

「だから、新しい吟行《ぎんこう》のパートナーを探したんですね。」

「花岡さんがマレーシアからの帰国子女だって知って正直驚《おどろ》いたよ。こんなことあるんだって。」

それから、佐藤先輩《せんぱい》はわざとらしく声のトーンを上げた。

「港もひどいよね、まったくもー。早起き苦手なのにね。それも克服《こくふく》しちゃうくらい、港はわたしと顔を合わせるのが嫌《いや》になっちゃったのかな。」

「そんなこと……。」

佐藤先輩の気持ちは痛いほど分かった。

好きな人に避《さ》けられるのは、通りがかりの見知らぬ人に嫌がらせをされるよりもずっとつらい……。

わたしも藤枝が教室からいなくなる時間を自分のせいじゃないかと勘違《かんちが》いして、とても苦しかった。

「あっ。」

わたしはあることを思いついた。テスト中に数学の公式を思い出せたみたいに、突然《とつぜん》目の前がクリアになる感じがした。

「佐藤先輩《せんぱい》、あの豚肉《ぶたにく》の短歌を渡《わた》したのが最後って言いましたよね？」

「うん。」

「藤枝も、佐藤先輩も、勘違《かんちが》いしてるんじゃないですか？」

「どういうこと？」

「わたし思うんですけど、藤枝は佐藤先輩にふられたって勘違いしたんじゃないでしょうか。」

「…………」

佐藤先輩は口を小さく開いたまま固まった。

「『さよなら』の意味を誤解してるんだと思います。」

あの短歌の下の句。『わたしも一緒《いっしょ》にさよならするよ』を、もしかしたら、藤枝は佐藤先輩が自分自身から離《はな》れていくというふうに受け取ったんじゃないかな。

なら、その誤解を解きたい。きっと今、藤枝は傷ついていて、味方が必要だ。

藤枝がいちばん味方になってほしいのは、残念だけど、きっとわたしじゃない。イスラム教徒になることを打ち明けた相手である佐藤先輩なんじゃないかな。

「……誤解してる証拠《しょうこ》もないでしょ。」

佐藤先輩《せんぱい》は、らしくない様子でため息をついた。

「それに、もう夏休みから何か月も過ぎてるし、今さら確かめるなんて……。」

佐藤先輩の気持ちが揺《ゆ》らいでいるのが分かった。

もうひと押《お》し。

藤枝に連絡《れんらく》してみましょうよ。

でも、わたしにはそう提案することができなかった。

だってもし、二人の間の誤解が解けたら、わたしは……。

6《ンナム》　トナカイからのプレゼント

二学期の期末試験が終わると、もう冬休みまでは秒読みだ。

七海《ななうみ》さんが退職すると聞いたのは、試験の答案返却日だった。

「ごめんね、冬休み明けからは、新しい人が来るから。」

「え、どういう意味ですか？」

「私、結婚《けっこん》するの。」

「寿《ことぶき》退職、ってやつですか。」

佐藤先輩《さとうせんぱい》とわたしは顔を見合わせた。

確かにおめでたい。

でも。今の時代、結婚していきなり専業主婦になる人って少ない気がする。

「もしかして。」

わたしは貸出カウンターの内側に身を乗り出して七海さんのお腹《なか》を確認《かくにん》した。

ぺたんこだ。

「赤ちゃんはいないよ。」

七海さんはくすくす笑った。

「職員室でいじめられた、とか?」

佐藤先輩《せんぱい》のシュールなジョークにも、笑《え》みをうかべたまま七海さんは首を横に振《ふ》る。まあ、仮にアタリだとしてもそうとは生徒に言えないよね。

「インドに行くの。」

「インドぉ?」

見事にハモったわたしたちを見て、七海さんは満足げにうなずいた。

「ていうことは、転勤をきっかけにプロポーズ!」

「ううん。相手はインド人。大学生のころからの付き合いなの。」

固まったわたしたちに、七海さんは当時のことを話してくれた。

「インドにはね、ランガナタンっていう図書館学者がいたの。私、図書館司書の資格を取るための授業で、その学者の『図書館学の五法則』というのを知ったとき、なんていうか雷《かみなり》に打たれたくらい感動したの。図書館っていうのは、もちろん学校の図書室も、ただ本が置いてある建物や部屋じゃないわ。それを使う人や管理する人がいて、初めて図書館なの。それを教えてくれた。ランガナタンがいたインドに行ってみようって思った。そのとき泊《と》まったホテルで働いてたのが、今の彼氏《かれし》っていうわけ。」

「なんて意外なインターナショナル……。」

「写真、見せてくれますよね？」

証拠《しょうこ》をつかもうとする探偵《たんてい》のように佐藤先輩《せんぱい》がきいた。

「じゃあ……特別だよ？」

七海さんは、やれやれといった様子で手帳を開き、一枚の写真を取り出した。

「わあ……。何か、すごくお似合いですね。」

岩肌《いわはだ》の山々を背景にして並んで写る二人は、幸せそうだった。写真のなかの七海さんはいつもの赤い眼鏡を外していて、学校では見ないラフなTシャツ姿。

笑顔《えがお》の二人は、人種もちがえば年齢《ねんれい》もちがうのに（立派なひげを蓄《たくわ》えた花婿《はなむこ》さんは七海さんよりだいぶ年上に見える。）、どことなく似ているような気がした。

わたしは、七海さんに間違《まちが》ったイメージを持っていたのかもしれない。

七海さんはいつもこの小さな図書室にいる。少なくとも、わたしはこの部屋の外に七海さんがいるところを見たことがない。

だから、きっと七海さんにとってこの図書室のなかが世界のすべてだと思《おも》い込《こ》んでいたのかもしれない。

わたしに見えている部分が、その人のすべてじゃない。佐藤先輩《せんぱい》だって、歌会という学校の外の世界を知っていた。

そうだった。そんなことも忘れていた。

「七海さん、わたしの頭をパッコーンとひっぱたいてください。」

「何言ってるの、いきなり。」

「いいからお願いします。」

「中学生のそういう突拍子《とっぴょうし》もないところって好きよ。でももうふれあえなくなると思うとちょっとさみしいな。」

七海さんは、わたしのおでこを軽くはじいた。「ニキビ見っけ、若いっていいなー。」なんて言いながら。

好きなものを追い続けると、人はぐんぐん遠いところまで行けるんだ。それは日本からインドっていう意味だけじゃなくて、なんていうか、今までの自分みたいなものからの距離《きょ》離《り》。

下校時間が早かったその日は、一度帰ってから待ち合わせて吟行《ぎんこう》をすることにした。

「国際結婚《こくさいけっこん》ってどんな感じなんだろ。」

大型スーパーのフードコートのベンチで佐藤先輩《せんぱい》がソフトクリームのカップをぐっと握《にぎ》った。

佐藤先輩は抹茶味《まっちゃあじ》。わたしはストロベリー。

この寒いのにソフトクリームを食べちゃうくらい、わたしたちは七海さんの国際結婚の衝撃《しょうげき》で体が火照《ほて》っていた。

「食卓《しょくたく》は毎日カレーですかね。」

「そこ？」

佐藤先輩がしらけた顔をする。

わたしよりずっとまじめなテンションで、藤枝《ふじえだ》のお父さんとお母さんのことを考えていたのかもしれない。

「ちょっと待ってください、ちゃんとまじめに詠《よ》んでみます。」

わたしはタンカードを開いた。

だけど、思いうかんだ短歌は……。

『カレー味ソフトクリームあるのかも　舌のやけどにハティハティヤ』

「やっぱりカレーになっちゃいました……。ハティハティヤの意味は『気をつけて』です。」

それくらいしか思いうかばない自分にちょっとあきれる。マレーシアにもインド系の人たちはいたけれど、インドがどんな国かはほとんど知らなかった。

「貸して。」

今度は佐藤先輩《せんぱい》がタンカードを前に考《かんが》え込《こ》む。しばらくして、さらさらとシャーペンを走らせた。

『花嫁《はなよめ》は七つの海をこえてゆく　メガネと本を机にしまって』

わたしのマヌケでのん気な短歌とはまるでちがう。眼鏡を外した七海さんが笑顔《えがお》でインドに旅立っていく。そんなシーンが目にうかんだ。

「七海さんへのはなむけとして、終業式までに延滞本《えんたいぼん》を全部返してもらえるようにがんばらなきゃ。」

「えっ、あれ以上がんばるんですか。」

「わたしが督促状《とくそくじょう》を持っていっても、結局図書室まで返しに来ないやつが多いんだよね。もっといい方法ないかな。」

佐藤先輩《せんぱい》は眉間《みけん》にほっそりとした指を当ててしばらく考《かんが》え込《こ》んだ。

「その場で返してもらうっていうのはどうですか？　町の図書館では、ずっと本を返さない人の家に訪問して本を返してもらうっていう最終手段もあるらしいですよ。」

「ん、それいいかも。決行する日は……。」

督促女王が手帳を開いた。

「あれ、今年の終業式の日って……。」


「メリークリスマス！」

開き直って教室の扉《とびら》を開けた。

サンタクロースの格好をした督促女王と、トナカイの着ぐるみ姿のわたし。教室じゅうの視線が痛い。

「今から呼ぶ、本の返却期限《へんきゃくきげん》が切れてる人！　半田《はんだ》、飯岡《いいおか》、松本《まつもと》！　この袋《ふくろ》に借りてる本を返して。」

呼ばれた生徒は、鞄《かばん》やロッカーから本を取り出して、白い袋に本を入れる。

『クリスマス　サンタクロースとトナカイがあなたの本を回収します』

事前に各クラスに張り紙をしておいた。これが何気に五七五七七のリズムになっていることに気づく人はいるかな、とニヤリとした。

仮装をすることは、七海さんがほかの先生たちを説得して許可を取ってくれたみたいだ。

七海さんに恩返しをしようと思って結局オテスウをかけてしまっている。

「よくできました。じゃ、次のクラス行くよ！」

トナカイのわたしに声をかけ、督促《とくそく》サンタは教室を後にした。

サンタのくせに何もプレゼント配らないのかよ、という声を背に、わたしたちは次のクラスに向かう。

ぺしゃんこだったサンタの白い袋は、クラスを回るごとに重みを増していった。

「プレゼントを配るんじゃなくて回収するサンタなんて初めて聞きました。」

トナカイの角のついたフードのズレを直しながら、わたしは笑いが込《こ》み上《あ》げてくる。

「うーん、わたしとしてはプレゼントが入っていた箱を回収してるような感覚だよ。みんな本を読んだ時点でプレゼントの中身はもらってるんだよ。本を開いてもらった言葉とか知識とか気持ちは回収できない。わたしはただ、その箱を回収しているだけ。」

「いいこと言ってるような、こじつけのような……。」

最後となる三年C組の教室での本の回収が終わった。

「すごい、まさかの全冊そろった。」

佐藤先輩《せんぱい》はほくほくの焼《や》き芋《いも》を手にしているように、くちびるの両端《りょうたん》がやんわり上がっている。

「先輩、最後の一冊がまだですよ。」

わたしは、お腹《なか》の底にぐっと力を入れた。

「え？　全部回収してるよ。」

佐藤先輩は、小さくあくびをしながら名簿《めいぼ》をさっと確認《かくにん》した。

「あの人がまだです。」

わたしはトナカイのグローブをはめた手で、佐藤先輩にタンカードを差し出した。

「あの人……？」

佐藤先輩《せんぱい》はタンカードをめくって、いちばん新しい歌のところで手を止めた。

「十一月に佐藤先輩が督促状《とくそくじょう》を配ったあの人の本、まだ回収できてないですよね？」

佐藤先輩の目が見開かれる。

「ウソ、もしかして。」

「行きましょうよ、藤枝の家に。」


昨日の夜、布団《ふとん》のなかでわたしはずっと考えていた。佐藤先輩が最後に送った豚肉《ぶたにく》の短歌を藤枝が勘違《かんちが》いしているとしたら。その誤解を解かないまま、二人が離《はな》れ離《ばな》れになったとしたら。そんなのってやるせない。

でも、二人の誤解が解けたら。

わたしは……もう一度失恋《しつれん》してしまう。

誰《だれ》にも見せたくない計算が働く。このまま佐藤先輩が卒業すれば、わたしにもチャンスがあるかもしれない、と。

黙《だま》っていればいいだけだ。二人が別れたことは、わたしのせいじゃないんだし。

だけど、もしも、もしも、そうしてわたしが藤枝とうまくいったとしても……。

「そんなの全然うれしくない！」

わたしはガバッと布団《ふとん》をはいで起き上がった。

「何～？　どうしたのよ～？」

隣《となり》の布団で、お母さんが目をつぶったままムニャムニャと口を動かす。

「あ、お母さん、ごめん。」

暗闇《くらやみ》のなかでスマホを見ると、もう一時を過ぎていた。もう、メリークリスマスじゃん。わたしは、スマホの明かりをたよりにタンカードを開き、勉強机に転がっていたシャーペンを握《にぎ》った。

今の気持ちも短歌に託《たく》そう。

この歌は……トナカイからのプレゼントだ。

『イブのこと知ってもサンタはきっと来る　ねぼすけだったあの人のもと』

タンカードを閉じて、佐藤先輩《せんぱい》は首を傾《かし》げた。

「『イブのこと』って……？」

「イブはマレーシア語で『お母さん』です。藤枝がイスラム教徒になっても別れるつもりはなかったって伝えに行きましょうよ。」

「何言ってるの？　無理、そんなの無理だよ。」

「大丈夫《だいじょうぶ》です！」

わたしは佐藤先輩《せんぱい》の肩《かた》を抱《だ》いた。

いつか、お母さんを追う吟行《ぎんこう》ナイトのときに、佐藤先輩がそうしてくれたみたいに。

これでいい。大丈夫、素直《すなお》にそう思える。

トナカイがサンタを引っ張る形で、わたしたちはそのまま学校を出て藤枝の家に向かった。


相変わらずシャッターの閉じたフジエダ時計店の脇《わき》にある住宅用のインターホンを押《お》す。

「ねえ、わたしたち、クリスマスの格好なんかしてて大丈夫なのかな。クリスマスはキリスト教の行事だし。」

家からの応答を待つ間に佐藤先輩がつぶやいた。

「それはたぶん大丈夫《だいじょうぶ》です。マレーシアも、クリスマスシーズンはデパートとかクリスマスイルミネーションで華《はな》やかに飾《かざ》りつけられるんです。」

「そうなの？」

「マレーシアはいろんな民族が一緒《いっしょ》に住んでるから、ほかの宗教の行事でもお祝いムードになります。大らかっていうのかな。」

説明しながら、わたしは大きくうなずいていた。

そう。そうだった。

マレーシアのそういうところが好きだった。

みんなが同じ、ではない。

ちがいがあること、それがふつう。

ちがいに対して自分を曲げて合わせるんじゃなくて、「ああ、そっちはそうなんだ？へえ、それもいいんじゃない？」って感じで受け入れる。

それが二年半を過ごしたわたしの大切な場所だ。

「……誰《だれ》もいないみたいだね。」

家のなかからの反応はない。

もういいよ帰ろうよ、と佐藤先輩《せんぱい》は小さい子どものように、わたしのトナカイの着ぐるみを引っ張った。

「あきらめるのは、まだ早いです。」

もう一度インターホンを鳴らすと、そろそろとドアが細く開いた。その隙間《すきま》から顔をのぞかせたのは、鮮《あざ》やかな水色のトゥドゥンを被《かぶ》った女の人だった。

「……コンニチハ？」

女の人の声は小鳥みたいだ。そりゃそうだよね。突然《とつぜん》サンタとトナカイのコスプレの中学生が現れたら、ここが母国であってもかなり警戒《けいかい》する。

「せーの、スラマットゥンガァハリ！」

事前に練習してきたマレーシア語の『こんにちは』を佐藤先輩と声をそろえた。きっと自分の国の挨拶《あいさつ》を聞けば、ちょっと安心してくれるんじゃないかなと思って。

『わたしたちは藤枝港《こう》くんの友達です。会えますか？』

わたしはマレーシア語で話した。藤枝のお母さんは目を見開いている。まさか日本でふつうにマレーシア語を話す中学生なんかに出会うとは思っていなかっただろうな。

藤枝のお母さんはちょっと困った顔をした。

『今朝、ワタシが起きたらマクドナルドに行くってメモがあって、まだ帰ってきてないんです。』

「ええ？」

わたしの拍子《ひょうし》抜《ぬ》けした顔つきに気づいた佐藤先輩《せんぱい》が、「どうしたの？　なんて言ってるの？」と目できいてくる。

「藤枝、朝からマックに行っちゃったみたいです……。」

このあたりのマックといえば、この商店街の突《つ》き当《あ》たりにある駅前に一つ。

「佐藤先輩、行きましょう！」

走れば三分で着く。

ごめんなさい、これちょっと預かっていてください。わたしは本の入った袋《ふくろ》を藤枝の家の玄関先《げんかんさき》に置かせてもらい、もう一度先輩の腕《うで》を引っ張った。

サンタとトナカイの格好のわたしたちに、一瞬《いっしゅん》レジのスタッフたちの視線が集まったのが分かったけれど、気にしていられない。わたしは佐藤先輩の腕を引いたまま、クリスマス仕様に飾《かざ》られた店内をぐるぐる歩いた。

いない。こっちもいない。藤枝がいない。

「花岡《はなおか》さん、もういいよ。さすがにずっとここにはいないよ。きっとここで朝マックして、それからどこか遊びに行ったんじゃない？」

「うーん……。そうかも、ですけど……。」

ちょっと疲《つか》れた、と言って、佐藤先輩《せんぱい》は席に座《すわ》った。

わたしは立ったまま先輩を見下ろし、初めて一緒《いっしょ》に吟行《ぎんこう》をしたのは三か月ちょっと前だったと、そんなことを思い出す。もう大昔のような気がする。

あの日、銀行強盗《ぎんこうごうとう》かと疑ったこの先輩と、わたしがこんなに打ち解けるなんて思ってもみなかったよ。

疲れた顔でため息をつく佐藤先輩を守りたいと思った。

まだあきらめたくない。

今日あきらめちゃダメなんだ。

マクドナルドを出ると、わたしは駅の改札へとずんずん歩きだした。

「佐藤先輩、隣《となり》の駅にもマックはありますよね。そっちに行ってみませんか？　もしかしたら、この駅だと、同じ学校の人たちに会いそうだから避《さ》けたのかもしれないし。」

「電車賃あるの？」

「あっ。」

「もう、花岡さんはほんとマヌケなんだから。」

わたしがうらめしく改札のなかを眺《なが》めてからUターンしようとしたとき、佐藤先輩《せんぱい》が足を止めた。

「こう……。」

「こう？」

わたしは佐藤先輩の目線の先を追い、息が止まりそうになった。

「いたあっ！」

今まさに改札を抜《ぬ》けて出てこようとしているのは、藤枝本人だった。

「なんちゅうカッコしてるの。」

くちびるの端《はし》で苦笑いをした藤枝は、学校に来ていたころと変わりなくてほっとした。

「メリークリスマス！　本を回収しに来ました！」

わたしはテンションをマックスまで引き上げた。

「本？」

「借りっぱなしの本があるでしょ？　返してもらわなきゃ。サンタとトナカイになって受け取りに来ました。」

「わざわざ駅まで？」

「ちがうよ、最初は家に行ったの。そうしたら、いなかったから……。捜《さが》してたんだよ。朝からどこに行ってたの？」

「ちょっとマックに行こうと思って。」

「わざわざ電車で？」

「いや、飛行機。」

「え？」

マレーシアのマックだよ、と藤枝はぼそっと言った。

「マレーシア!?　いや、あの、それって、『ちょっと』じゃない、『ちょっと』じゃないから！」

わたしは藤枝の肩《かた》を見る。

ちょっとその辺をフラッとするには大きなリュックだ。だからってトランクを持っているわけじゃないし、海外に行くにしては身軽すぎる。日帰りの遠足とか、そういう印象。

「パスポートとおれの全財産を持っていったんだけど。空港で止められて飛行機のチケット買えなかった。親の許可がなきゃダメだって。」

「そりゃそうでしょ……。」

今まで藤枝とわたしのやり取りを黙《だま》って見ていた佐藤先輩《せんぱい》が、あきれた声を出す。

「んで、仕方ないから帰ってきたとこ。海外にも、スイカやパスモで行けたらいいのにな。」

そんなことできるわけないけど、と藤枝が笑った。

「何で、マレーシアのマックに行こうと思ったの？」

三人で藤枝の家に戻《もど》る途中《とちゅう》、わたしはきいた。縦の並び順は、藤枝、トナカイ、サンタクロース。

「従兄弟《いとこ》と約束してるんだよ。」

「従兄弟？」

「マレーシアの従兄弟だよ。今年の夏、親の結婚式《けっこんしき》で集まったんだ。」

「へえ、すごい！」

わたしがマレーシアにいたときに、まさか藤枝のお父さんの結婚式が同じ国のどこかで開かれていたなんて。

「親の結婚式《けっこんしき》なんてどんな顔して出ればいいんだよって飛行機じゃずっとふて寝《ね》してたんだけど、行ってみたら圧倒《あっとう》された。だだっ広い会場にテント張って、千人ぐらい集まって食事するんだ。すっげー驚《おどろ》いた。」

「せ、千人っ？」

「向こうの結婚式は、町の人たちみんな呼ぶらしい。」

そういえば。

お父さんの勤めていたお寿司屋《すしや》さんのスタッフが結婚するとき、わたしたち家族も式に呼ばれたことがある。ずいぶんたくさん人がいるなと驚いたけど、もしかしたらそれくらい集まっていたのかも。

「親戚《しんせき》もみんな集まってくれた。おれのお母さんになった人、五人きょうだいだから、いとこだって全部で十二人だぞ。片言の英語と強制突破《きょうせいとっぱ》の日本語でもジェスチャーしたら何となく通じたし。」

そう話す藤枝の声は明るい。きっと楽しかったんだろうな。

「そのときに、歳《とし》の近い従兄弟《いとこ》たちと『今度、またマックでも行こう。』って約束したんだよ。全然ちがう場所で育ったのに、同じ学校の友達みたいにふつうに『マック行こうぜ。』ってなるんだ。」

そこで言葉を区切った。

「……おれ、たぶんふつうに昼飯食いたかったんだろうな。誰《だれ》かとくだらないことしゃべったりしながら。」

藤枝は寝癖《ねぐせ》のはねた頭を片手でわしわしとかいた。

「学校で一人で弁当食うのって地味にさみしーんだな。」

「………」

その言い方はまるで他人事《ひとごと》みたいだった。

マレーシアの目的地が、観光名所でもビーチでもなくて、ファストフードだなんて。誰かと一緒《いっしょ》にふつうにごはんを食べたいだけで、全財産持って海を渡《わた》ろうとするなんて。

「親父《おやじ》と一緒におれもイスラム教徒になるって知らされたときは正直マジかよって思ったけど、あの人たちと親戚《しんせき》になれるならそれもいいかもなって受け入れられる気がした。母親になる人も嫌《きら》いじゃないし。二学期の最初から、昼飯は弁当を教室で食っていいって学校に言われてたから、あの人わざわざ新しい弁当箱も買ってつくってくれたんだ。」

けど、と藤枝は一つ息をついた。

ため息の理由は、わたしにも分かる。給食が始まるといつも空席になる藤枝の机を思い出した。

「いざ給食の時間になったら、弁当を教室で広げられなかった。絶対どうしたんだって騒《さわ》がれるだろ。それがどうしても嫌《いや》だって言ったら、先生が会議室を貸してくれることになったんだよ。」

わたしは、藤枝がここまで打ち明けてくれるとは、思っていなかった。

今、藤枝はどんな表情をしているんだろう。

「だせーやつ。」

藤枝がやっぱり他人事《ひとごと》みたいに笑った。

今だよ、と振《ふ》り返《かえ》るけれど、佐藤先輩《せんぱい》はうつむいたままだ。

家に着くと、

「本取ってくる。ちょっと待ってて。」

藤枝は階段を上っていき、わたしたちは玄関先《げんかんさき》に残された。ふと隣《となり》を見ると、佐藤先輩がくちびるをぎゅっと結んでいる。

佐藤先輩《せんぱい》に声をかけたいけど何て言おうと戸惑《とまど》っていると、藤枝のお母さんが家のなかから手招きをした。

「ドウゾ、なかに入ってください。」

その大きな瞳《ひとみ》は、わくわくとうれしそうに輝《かがや》いていた。

「日本語、話せるんだね。」

佐藤先輩のつぶやきに、わたしはうなずいた。ラーメン屋さんで働いているというから、接客で日本語がうまくなったのかな。

店とは廊下《ろうか》をはさんで向かい側の部屋に入った。ダイニングルームになっていてキッチンと四人がけのダイニングテーブルがある。その部屋には襖《ふすま》があって、和室につながっていた。

いつもちょっと謎《なぞ》に包まれている藤枝の日常の扉《とびら》が急に開かれた気がして、何だか変な感じがする。キッチンからは少し甘《あま》い香《かお》りが漂《ただよ》っていた。

「ピサン好き？」

藤枝のお母さんがきいた。

「ピサン？」

首を傾《かし》げた佐藤先輩《せんぱい》に、藤枝のお母さんが言い直そうとするより、

「バナナのことです。」

わたしのほうが一瞬《いっしゅん》早かった。

「マレーシア語よく知ってるんですネ。」

藤枝のお母さんの顔に笑《え》みが広がる。

「わたし、お父さんの仕事の都合で、今年の夏までマレーシアに住んでたんです。」

「やっぱり！　アナタがハナオカさん！」

どうやら藤枝のお父さんがうちに電話をしたことは知っていたみたいだ。

「タカオさんとコウから聞いてます。ああ、名前をまだ言ってなかったですね。ワタシの名前は、ファティマです。」

よろしく、とファティマさんは軽く頭を下げた。

『タカオさんとコウから』……。

ファティマさんが何気なく口にした名前にじんとした。

教室で藤枝とわたしが話すことはほとんどない。でも、藤枝は家でわたしのことを話してくれてたんだ。

ファティマさんは、佐藤先輩《せんぱい》のほうに向き直った。

「アナタも知っています。サトウさんよね。」

佐藤先輩は督促状《とくそくじょう》を配るときとは別人のように、恥《は》ずかしそうにうつむいた。

「ちょうどさっき、ピサンゴレンをつくったところなんです。おやつに食べていってください。」

「ピサンゴレン！　やった！」

ピサンゴレンは、マレーシア料理のスイーツだ。バナナを油で揚《あ》げてある。噛《か》むと、バナナの甘《あま》みがあふれてくるのがおいしくて、わたしの大好物だった。

食べる前はピサンゴレンを不思議そうな顔で見下ろしていた佐藤先輩も、一口かじると、おいしい、と二口目は大きく口を開けた。

わたしたちはあっという間に食べ終えてしまった。そういえば、終業式は給食がない日だったから、昼ごはんもまだだった。

何時だろ？　無意識に癖《くせ》で左の手首を見るけれど、そこに腕時計《うでどけい》はない。電池が切れてから外したままだった。

視線を上げた先にある壁掛《かべか》け時計《どけい》の針は二時過ぎを指していた。

部屋を見渡《みわた》すと、この部屋には時計が多い。四面のうち三面の壁に時計が掛けてある。キッチンにも小さな時計が置かれている。

もと時計屋さんだからなのかな。

外から見るとシャッターの下りているお店部分は、ここから見ると戸が閉められている。

「食べてくれてよかった。これ、メニューに入れようと思ってるから。」

空になった器《うつわ》を下げるとき、ファティマさんが言った。

「メニュー?」

「はい。来年の春から、ここでマレーシア料理のお店、始めようと思っています。だから、タカオさん、今日も見習いでマレーシア料理屋で働いてます。」

「そうなんだ……。時計屋さんからマレーシア料理屋さんなんてびっくりです。」

きっと商店街のみんなも驚《おどろ》くだろうな。

でも、よかった。閉店したままどうなるのかと思っていたから。

「ワタシたちが出会ったのは、タカオさんが時計屋だったおかげですよ。」

「どうしてですか?」

「日本に来たばかりのとき、携帯《けいたい》が壊《こわ》れてしまいました。お祈《いの》りの時間を知りたくて、時計を買いに来たんです。」

今から三年くらい前、とファティマさんは言った。

「そうしたら、タカオさんと、まだ小学生だったコウがいました。でもまさか、家族になるなんて思わなかったですネ。」

もしかして。だから、藤枝はマレーシアとの時差を知っていた……？

トゥドゥンに包まれたファティマさんのはにかんだ笑顔《えがお》は、かわいかった。中学生の息子《むすこ》がいるようには見えない。

藤枝はこの若いお母さんを心配させたくなくて、近場のマクドナルドに行くふりをしたのかもしれないな。

「マレーシア料理ってどんなのですか？」

佐藤先輩《せんぱい》がファティマさんにきいている横で、はっと思いついたわたしは顔を上げた。

「メニューにナシレマはありますか？」

「もちろん。」

「やった。ねえ、佐藤先輩、一緒《いっしょ》にナシレマ食べに来ましょう。」

わたしは興奮気味に佐藤先輩《せんぱい》の肩《かた》をポンポンたたいて、続けて言った。

「ナシレマっていうのは、ココナッツミルクで炊《た》いたごはんです。すごくおいしいんですよ。」

「ココナッツとお米？　南国ならではって感じ。一瞬《いっしゅん》、組み合わせに驚《おどろ》くけど。」

「ぜひ食べに来てください。」

ファティマさんが笑う。

今なら、わたしは教室でもナシレマが好きだと言える気がした。

「そういえば、本持ってくるの遅《おそ》いな。」

ドアのほうを佐藤先輩が見やった。

「見つからなくて探してるのかも。藤枝は、何の本借りてるんですか？」

「それは知らない。借りてる本の書名をわたしは聞かされてないの。それは七海さんとの決まり事。学校のなかでもプライバシーは守りたいっていうのが、七海さんの考え方だから。」

そういえば。佐藤先輩が配る督促状《とくそくじょう》には本のタイトルが書かれていなかった。もともとの期限と冊数が書かれていただけだった。

学校のなかでもプライバシーなんてあるんだ。生徒の情報は何でも管理するのが学校だと思っていたから、ちょっと大人扱《おとなあつか》いされた気がしてうれしい。

「でも、今日みたいに直接本を回収したら、何を借りてたか分かっちゃうけどね。まあ今日は最終手段ってことで。」

二階から下りてくる気配がした。

「はい、これ。」

やっと下りてきた藤枝が佐藤先輩《せんぱい》に本を差し出す。人物のデッサンの本だった。わたしが時計店に初めて来たときも同じような本を読んでいたと思い出す。

本当に絵が好きなんだな。

「ここに入れて。」

佐藤先輩は白い袋《ふくろ》の口を開いた。ぽすっと本が袋のなかに姿を消した。

これでわたしたちの任務は完了《かんりょう》だ。

「帰ろう、花岡さん。」

「え？　あの歌のことは……。」

「おじゃましました。」

佐藤先輩《せんぱい》は、玄関《げんかん》でクリスマスのコスプレとはミスマッチのローファーを履《は》く。

「じゃ。」

藤枝も背を向けて階段を上っていこうとした。

「港、やっぱりちょっと待って。」

呼び止めたものの、藤枝が振《ふ》り返《かえ》っても、佐藤先輩からはなかなか次の言葉が出ない。

ファティマさんは何か察したのか、部屋に戻《もど》ってドアを閉めた。

佐藤先輩はサンタの衣裳のポケットからタンカード№1を取り出した。

「あの短歌、誤解されたのかなって思って。」

「誤解?」

「ファミレスで最後に渡《わた》した短歌は、港とさよならするつもりで詠《よ》んだんじゃないよ。」

いつもはあまり感情を表さない藤枝の目が見開いた。

「港がいろんな食べ物を我慢《がまん》するなら、わたしも一緒《いっしょ》に我慢しようと思った。豚肉《ぶたにく》に『さよなら』って意味だったんだよ。」

「……そうなの? おれがイスラム教徒になったら、付き合いももう終わりだっていう意味にとらえたんだけど、ちがうのか。」

「ちがうよ！　ちがうに決まってるでしょ。そんなことで港に『さよなら』するわけないじゃん。豚肉《ぶたにく》食べても食べなくても、お祈《いの》りしてもしなくても港は港でしょ。何で黙《だま》って一人でマレーシアのマックまで行こうとしてんのよ。その前にわたしがいるじゃない。もっとわたしを信じてよ、バカ。」

佐藤先輩《せんぱい》が顔を赤くして一気にまくしたてるところなんて初めて見た。

「それは……ごめん。」

「でも、どっちにしろあの歌は撤回《てっかい》する。わたしはトンカツもしゃぶしゃぶも生姜焼《しょうがや》きも食べる。」

え？　意外な言葉に横を見ると、佐藤先輩は清々《すがすが》しい顔をしていた。

「そこだけ真似《まね》たって仕方ないもん。わたしはわたしのままでいる。そのうえで、港が好き。今はそれでいいと思う。」

佐藤先輩の言葉に自然に織《お》り込《こ》まれた「好き」の部分に、わたしは胸が熱くなった。

今、何気《なにげ》に告白しました？

藤枝は照れているのか、拒絶《きょぜつ》なのか、わたしたちに背中を向けた。

「……始業式っていつだっけ。」

「一月八日。」

「……ふーん。」

「学校来る？　なら、また迎《むか》えに来てあげる。」

「いや、たまにはおれがそっちの家行く。」

「………」

そのときの佐藤先輩《せんぱい》の表情は、藤枝の代わりにわたしが目に焼きつけておくことにする。頬《ほお》から耳まで赤くして、藤枝の背中を見上げる潤《うる》んだ瞳《ひとみ》は、女王でもサンタクロースでもなくて、乙女《おとめ》だったよ。

背中を向けたまま、藤枝は急ぎ足で階段を上っていった。


「ありがとう」

本の入った白い袋《ふくろ》を学校に届けた帰り道、佐藤先輩からぽつりと言われた。

「七海さん、喜んでましたね。」

学校に戻《もど》ったとき、七海さんは図書室で作業をしていた。

「ありがとう、サンタとトナカイさん。いいクリスマスプレゼントになったわ。」

白い袋《ふくろ》を両手で抱《かか》える七海さんの笑顔《えがお》を思い出しながら、どういたしまして、とわたしは軽く頭を下げた。

「本のことだけじゃなくて。」

佐藤先輩《せんぱい》は眉間《みけん》に皺《しわ》をつくって、なぜか難しそうな表情をしている。

「花岡さんが強引《ごういん》に連れていってくれなかったら……もう港の家に行くことはなかったと思う。だから……ありがとう。」

「誤解が解けて、わたしもすっきりしました。」

「花岡さんにタンカード№1を見られたのは、相当恥《は》ずかしいけどね。」

「あー、藤枝との吟行《ぎんこう》の歌ですか。」

確かに、わたしだって恋《こい》の短歌を見られたらと思うと、かなり恥ずかしい。

「大丈夫《だいじょうぶ》です。豚肉《ぶたにく》の歌以外は覚えてません。」

「いちばん見られたら恥ずかしい短歌たちを書いたカードは抜《ぬ》き出《だ》してあるからいいけど。」

「そうなんですか？」

言われてみれば、タンカードの束が薄《うす》かったような気もする。

「そりゃそうだよ。港にも見られたくなかったから。」

佐藤先輩《せんぱい》は怒《おこ》ったように膨《ふく》れて、「あのさ。」と話題を変えた。

「サンタじゃないけど、花岡さんに、何かお礼にプレゼントしたいな。」

「タッパヤ・スサスサ！」

「はい？」

「『おかまいなく』って意味です！」

「うっそだー、何その響《ひび》き。そんなマレーシア語ないでしょ？」

佐藤先輩が吹《ふ》き出《だ》した。

「ありますって！」

「だって、パヤパヤでしょ？」

「ちがいます、タッパヤ・スサスサ！」

「タッパヤ、何？」

佐藤先輩はツボにはまったみたいで、くすくす笑い続けている。

「スサスサ！」

わたしまで笑えてくる。

なんてあっけらかんとした響《ひび》きなんだろう。

「あ、一首うかびました。」

「へえ、何なに?」

「『トナカイがサンタにあげたプレゼント　お返しなんてタッパヤ・スサスサ』。」

わたしだって、佐藤先輩《せんぱい》に助けてもらった。だから、お互《たが》いさまってやつだ。

「花岡さん、短歌すらすら詠《よ》むようになったね。わたしも、もっとがんばらなきゃ。好きな人に短歌を誤解されるようじゃ、まだまだだな。」

意気込《いきご》む表情は、佐藤先輩らしい勝ち気な笑顔《えがお》だった。

「でも、年が明けたら、さすがに放課後の吟行《ぎんこう》はストップかな。」

「えっ。」

「いちおう受験生だし。」

「……ですよね。」

「そんな顔しないでよ。第一志望にサクッと受かって、また花岡さんと吟行するから。これからもわたしの吟行のパートナーは、花岡さんがいい。だから、これは渡《わた》しておくね。」

佐藤先輩はわたしにタンカードNo.2を握《にぎ》らせた。

「No.３も一緒《いっしょ》につくれたらいいね。」

そう言ってくれるなら。

わたしはふいに目頭《めがしら》が熱くなって、口を開いたら言葉と一緒に涙《なみだ》もこぼれてしまいそうだったから、ただただうなずいた。

そうこうしているうちに、佐藤先輩《せんぱい》の家との分かれ道まで来た。

ああ、失恋《しつれん》しちゃったな。

佐藤先輩と別れて、もう日の暮れた住宅街を歩いていると、少しだけしんみりした。まるで、引《ひ》っ越《こ》しの荷物をすべて運び出したがらんとした部屋を眺《なが》めたときのような気分。

二人がよりを戻《もど》すということは、わたしが失恋するということだと分かっていた。

でも、これでいいんだ。

悔《くや》しいというよりは清々《すがすが》しかった。

それよりも、今のわたしにとってさみしく感じるのは、佐藤先輩としばらくの間は吟行《ぎんこう》できなくなること。

もし、佐藤先輩がそんなわたしにお返しのプレゼントをくれるなら。

本当は、一つだけ、佐藤先輩に叶《かな》えてほしい願いがあった。

一緒《いっしょ》に吟行《ぎんこう》をするようになってから望んでいたこと。

でも、何だか改まって口に出せなかったこと。

やっぱり伝えよう！

わたしはタンカードを取り出して、手のひらのなかで一首書きつけた。照れくさくて読み返すこともしなかった。

走って赤いサンタの背中を追う。

「先輩《せんぱい》！　やっぱりプレゼントください！」

7 時計《トゥジュ》と寿司《すし》は回り続ける

始業式の日。下校の時間になったばかりの教室で、勢いよく扉《とびら》が開いた。

扉のほうを見なくても、この開け方は、まず間違《まちが》いない。

「ちょっと！　いくら待っても来なかったんだけど！」

「あー、寝坊《ねぼう》したから。」

怒《いか》りをあらわにして現れた佐藤先輩《さとうせんぱい》に藤枝《ふじえだ》はしれっと答えた。

「ぎりぎりまで待ってたから、わたしまで遅刻《ちこく》するところだったじゃない。危《あや》うく今年の皆勤賞《かいきんしょう》を逃《のが》すところだった。」

「朝のお祈《いの》りをして、気づいたら二度寝してた。」

口からするりと出てきたお祈りという言葉に、わたしたちははっとする。

教室にはまだたくさん人が残ってるけど、聞かれても大丈夫《だいじょうぶ》なのかな？

「藤枝、イスラム教徒になったってホントなの？」

近くにいた朋香《ともか》ちゃんが屈託《くったく》のない表情でストレートにきいた。まるで、幼稚園児《ようちえんじ》が「動物園にゾウさんいるの？」と尋《たず》ねるみたいに。

「そうだよ。」

藤枝は答える。「そうだよ、ゾウさんはいるよ。」と答えるみたいに自然。

「やっぱり商店街で見かけた、あのベール被《かぶ》った人は、藤枝のお母さんだったのかあ。すごくきれいなベールで、わたしほしくなっちゃった。あれって日本で売ってる？」

「分かんない。たぶん、ネットで買ったりしてるんじゃないかな。」

朋香ちゃんの言葉には、マイナスの感情や疎外《そがい》しようとする意図は全然感じられなかった。

「ちゃんと、お祈《いの》りしてるんだ。一日何回もあるから大変じゃない？」

わたしが遠慮《えんりょ》がちにきくと、まあ、と藤枝は返した。

マレーシアでは、約六割の人たちがイスラム教徒だから、朝になると、お祈りの放送がモスクから流れる。でもここはそんな環境《かんきょう》とはちがう。

「一日五回もあるからたまにサボるけど。学校では、会議室を使っていいって言われてる。」

藤枝は平然と答える。そんな藤枝を遠巻きに見て、耳打ちをしている人たちもいる。

でも。藤枝は藤枝だ。佐藤先輩《せんぱい》も、わたしも、きっと朋香ちゃんもそう思っている。

わたしだって。帰国子女だってことは事実。でも、それは事実で、だからどうだって自分を決めつけることはない。なかには決めつけてくる人もいるだろうけど、ほんの少しでも花岡沙弥《はなおかさや》自身を見てくれる人がいてくれればそれでいい。それ以外の人に、どう思われるかを気にしすぎていた。

教室を見回すと、みんなそれぞれグループでしゃべったり取っ組み合ったりしている。

朋香ちゃんはいつの間にかわたしたちから離《はな》れて、テニス部の子たちと動画サイトで人気のダンスをしているし、オカモトくんはお笑い芸人の一発芸を真似《まね》てすべっている。

「あ、教室にタンカード忘れた。三十一秒で戻《もど》るから待ってて。」

佐藤先輩はわたしにそう告げると、髪《かみ》をなびかせて教室を出ていった。

何でそんな半端《はんぱ》な数、と思ったけど、佐藤先輩のことだから、短歌の音数と合わせたんだろうな。

いや、でも三十一秒は無理でしょ、三年生の教室は一つ上の三階だし。

わたしは左手首の腕時計《うでどけい》の秒針を見る。オレンジ色のベルトの腕時計が時を刻んでいる。

冬休み中に、隣《となり》の町の時計屋さんで新しい電池を入れてもらった。使《つか》い込《こ》んだ時計のベルトは、久しぶりでもすぐに手首になじんだ。

ふと視線を感じて時計から顔を上げると、藤枝がこっちを見ていた。

「壊《こわ》れなかったろ？」

「え？」

一瞬《いっしゅん》、何のことか分からなかった。

でも、藤枝が目線とあごでわたしの腕時計を指し示すと、あっと気がついた。

藤枝は覚えてたんだ。この時計のことを覚えてたんだ。

『うわ、この時計大丈夫《だいじょうぶ》かな。そんなに回転する前に壊れそう。』

『そう思うなら、買わなくていいよ。別に。』

フジエダ時計店へ時計を買いに行ったときのやり取りが蘇《よみがえ》る。

あれから、時計は回転を重ねてわたしも藤枝もいろいろなことがあって変わった。そうして今、わたしたちはまた同じ教室にいる。

「うん、あのときの発言は撤回《てっかい》。この時計、元気に動いてるよ。」

わたしがガッツポーズするように藤枝に腕時計《うでどけい》を向けると、机に頬杖《ほおづえ》をついている藤枝の口元が、少し笑ったように見えた。

これからも、わたしは花岡沙弥らしく、時計の針の回転を重ねていく。

「はい、サヤ。タンカード渡《わた》しておくね。吟行《ぎんこう》できない代わりに、冬休み中、勉強の合間にいっぱい詠《よ》んだから。」

自己申告《じこしんこく》三十一秒で教室に戻《もど》ってきた佐藤先輩《せんぱい》がタンカードを差し出す。

「あーっ！　ありがとうございます！」

わたしの大声に、先輩は後ずさりした。席に座《すわ》っている藤枝は耳をふさいでいる。

「ちょっと何。大げさだよ。」

「だって。」

タンカードを渡してくれたからだけじゃない。

だってサヤって呼んでくれた。

わたしのクリスマスの願いを叶《かな》えてくれた。タンカードの短歌で伝えた思いが伝わったんだ。

「それにしても、『アンタは友達』っていうフレーズには笑ったけど。」

「あんた……？　アンダですよ。」

「アンタって書いてあったよ。」

えっ、ウソだと焦《あせ》りながらタンカードを開くと、

『何語でもわたしはサヤと呼ばれたい　アンタはサヤの友達だから』

「わー！　タにテンテン忘れてるーっ！　あの、『アンダ』って書いたつもりだったんです。『アンダ』は、マレーシア語で丁寧《ていねい》な二人称《ににんしょう》の『あなた』っていう意味で……。」

あーもう、何でいつもこう、抜《ぬ》けてるんだろう。

ごめんなさい、とわたしがしょげると、

「別にいいよ。あんたはわたしの友達だから。」

莉々子先輩《りりこせんぱい》がくすくす笑った。

友達。

くすぐったくて心地《ここち》いい。

ずっと、友達の距離《きょり》で呼び合いたかった。佐藤先輩じゃなくて、花岡さんじゃなくて。

「何か、二人仲いいねっ。」

また、ひらりと舞《ま》い戻《もど》ってきた朋香ちゃんがわたしたちに声をかける。

「えっと……。」

不意打ちに、わたしは一瞬《いっしゅん》言葉につまる。

莉々子先輩《せんぱい》と仲よくしてるところを見られた。前だったら、それは大問題だったけど……。

もう大丈夫《だいじょうぶ》。

うん、わたしはうなずいた。

どう受け止められるかは、朋香ちゃんを信じて任せる。

「いつの間にか友達だったのかあ。そういえば、終業式の日にサンタとトナカイのコンビだったもんね。」

朋香ちゃんが莉々子先輩に親指を立てた。

「正直いつもは怖《こわ》いですけど、あれはナイスです！」

その言葉に、黙《だま》っていた藤枝がぷっと笑った。

そうだ、友達といえば。

わたしは、いつかのお父さんの言葉を思い出す。

「今度、みんなで回転寿司《かいてんずし》に行かない？　駅の近くにうちのお父さんの働いてるお店があるの。」

「さーやのお父さんって寿司職人《すししょくにん》だったの？　すごい。食べたい食べたい。」

朋香ちゃんが机で頬杖《ほおづえ》をついていた藤枝の腕《うで》を持ち上げて、

「おれも行きマス。」

と、声色《こわいろ》を真似《まね》た。

「おい、似てないんだけど。」

「藤枝、よかったらファティマさんも連れてきてよ。お寿司だったら食べられるよね。」

お父さんが勤めていたマレーシアの回転寿司屋の様子を思い出して、わたしは声を弾《はず》ませた。

マンゴーやアボカド入りの手巻き寿司を頬張《ほおば》る家族連れ。店内に飛《と》び交《か》うのは、イントネーションに少し癖《くせ》のある「イラッシャイマセー」の声。お寿司を握《にぎ》るスタッフのなかに、イスラム教のトゥドゥンを被《かぶ》っている女の人もいた。

ここは日本だから、そんな店内とはちょっと雰囲気《ふんいき》がちがうけど、ファティマさんとも一緒《いっしょ》に食べに行きたい。

「きいておく。」

「莉々子先輩《せんぱい》も！　あ、受験前か……。」

「ううん、行く。前祝いにサヤにごちそうしてもらう。」

にやっと莉々子先輩が笑う。

このメンバーでお寿司《すし》を食べに行けるなんて。回るお寿司の皿に手を伸ばすわたしたちを思いうかべる。

ああ、何か。この気持ちって言葉にならない。

莉々子先輩との初めての吟行《ぎんこう》で唱えたフレーズを思い出す。

リマ・トゥジュ・リマ・トゥジュ・トゥジュ。

これからも言葉にならない気持ちがあるだろうな。そういうときは、歌にしよう。気持ちを形にできる魔法《まほう》を知っているから。

こまつあやこ

1985年生まれ。東京都中野区出身。
清泉女子大学文学部日本語日本文学科卒業後、学校や公共図書館の司書として勤務。2017年「リマ・トゥジュ・リマ・トゥジュ・トゥジュ」で第58回講談社児童文学新人賞受賞。

引用出典：71p.14行目の歌
東直子著『春原さんのリコーダー』（本阿弥書店）
参考図書：佐藤兼永著『日本の中でイスラム教を信じる』（文藝春秋）

リマ・トゥジュ・リマ・トゥジュ・トゥジュ

2018年6月5日　第1刷発行
2019年4月15日　第3刷発行

著者——こまつあやこ
装画——茂苅 恵
装丁——岡本歌織 (next door design)
発行者——渡瀬昌彦
発行所——株式会社講談社
〒112-8001
東京都文京区音羽2-12-21
電話　編集　03-5395-3535
販売　03-5395-3625
業務　03-5395-3615
印刷所——共同印刷株式会社
製本所——株式会社若林製本工場
本文データ制作——講談社デジタル製作

N.D.C. 913　191p　20cm　ISBN978-4-06-221080-5